茶坊主漫遊記

田中啓文

目次

本文デザイン／原条令子
挿絵／林　幸

茶坊主漫遊記

G・K・チェスタトンに

第一話 茶坊主の知恵

1

「妙な村でござるなあ」

首が木の切り株ほどに太い大男が、しわがれた声で言った。夏の夕陽に後ろから照らされたその影は、道のほとんどをしめるほどに長く伸びていた。ぼろぼろに破れた僧衣を着てはいるが、巌《いわお》のような立派な体つきで、胸板も厚く、肩の筋肉はごつごつと盛りあがっていて、両の拳は岩石のようだ。額と眉のあたりが大きく張り出し、目は逆にひっこんでいる。顔のあちこちに深い傷跡があり、そのせいで年齢は定かではないが、おそらく三十代から四十代だろう。

「見渡すかぎり、人っ子一人、だれもおらぬ。いくら夕刻とはいえ、野良にだれの姿もないとは妙じゃ。田畑も手入れされた様子ゆえ、廃村とも思えませぬが……」

大男は、かたわらにいる小男に話しかけているのだ。小男のほうも僧衣は着ているが、顔には深い皺《しわ》が寄っている。おそらく七十歳にはなっているだろう。こどものような矮《わい》躯《く》だが、顎には山羊のような白ひげが生え、口ひげも太い眉毛も真っ白だ。丸顔で、後頭部がやけに突きだしている。柔和なドングリ眼《まなこ》をぱちくりさせながら、顎ひげをしごいているさまは、威圧感のかけらもない。小太りで、足も短く、いわゆる「ずんぐりむっくり」な体型だ。手には、杖代《つえ》わりか、唐傘を一本持ち、汗を拭いながらにこにこ笑っている。

「いや……よう見てみよ、腐乱坊《ふらんぼう》。だれもおらぬげに装うておるが、村のあちこちに気配を感じぬか」

「どのような気配でござる」

「あからさまな敵意じゃ。こちらをじっ……とうかごうておる。ほれ、あの家の戸の裏、あそこの木の陰、あちらの塞《さえ》の神の後ろ……」

腐乱坊と呼ばれた大男は、目をくりくりさせながら、指摘された箇所をにらみつけていたが、

「な、なるほど。言われてみれば、大勢が隠れひそんでおるような……」

「おそらくは、鍬《くわ》や鎌を持ったこの村の衆であろうのう」

「なにゆえ、われらに敵意を……。この村を襲いにきた野ぶせりとでも思うておるのでござろうか」

「さてのう……この身なりを見て、野武士とまちがわぬとは思うが……」

話しながらふたりが村の入り口へゆっくりと近づいていくと、村に立ち込める気配がにわかに高まった。

「そこで、とまれ！」

一軒の百姓家のなかから声がかかった。ふたりの僧は、言われるままに歩みをとめた。

「村に入ってはダメだ。一歩でも入ったごんたら……ぶち殺す！」

腐乱坊は広い村の隅々にまで響くような大声で、

「わしらは怪しいものではない。旅の坊主じゃ。道を失って難渋しておる。今夜一晩、泊めてはくれぬか」

「馬鹿こくな。今はそれどころではねえ。岩屋八幡さまの……」

そこで、声は途切れた。

「岩屋八幡とやらがどうしたのじゃ」

「な、なんでもねえんだず。余所者《よそもの》にはかかわりねえんだず」

「なんぞ取りこみごとでもあるのか。もし、あるなら……」

「ええから、出ていってけらっしゃい」

とりつくしまのない様子に、老僧が言った。

「よいよい、腐乱坊。よそへ参ろう」

「なれど、すでに夕刻。つぎの村を探すのは容易ではございませぬぞ」

「修行じゃ、修行」

　ふたりは村を出ると、すぐ裏手にある山をのぼることにした。山道は急勾配《きゅうこうばい》で、行けども行けども人家は現れなかった。

「それがしが道をとりちごうたせいで、かかる山中に迷いこんでしまい、面目次第もござりませぬ。湖を挟んだ分かれ道を左にとったのがしくじりでござりました。朝から歩きづめに歩いておりますゆえ、さぞかしお疲れでござりましょう」

　言いながら、大男は頭部全体から滴っている汗を、手の甲でぐいとぬぐった。

「いんや、それほどでもないぞ」

　年老いた僧はあっけらかんとした口調で言った。

「若いころから鍛錬しておるゆえな、わしの身体《からだ》には筋金が入っておる。近頃の若いものと一緒にされては困る」

「さようでござるか。それがしはもう、脚がくたくたでござる。野宿は勘弁願いたいが、この様子では……」

　老人はカッカッカッ……とカラスのようなけたたましい笑い声をあげると、

「野宿も修行じゃ。戦場のことを考えてみよ、毎日が野宿のようなものではないか。

――腐乱坊、あそこを見てみい」

　老僧は傘の先端で行く手を指し示した。

「洞窟、でござろうか」

「そのようじゃ。今宵はあそこで雨露をしのごうぞ」

「危のうございまする。野獣の巣やもしれませぬぞ」

「それもまた一興じゃ」

老僧がひょこひょこと洞窟に入ろうとしたので、大男があわてて、

「毒蛇がおるやもしれぬ。それがしが先に入りまする」

ふたりの旅僧は、洞窟のなかへ歩みを進めた。

「おんや？　腐乱坊、灯りがあるぞ」

たしかに、洞窟のずっと先にちろちろと赤い灯りが見える。

「いかさま……もしや、山賊の隠れ家ではござるまいか」

「なるほど、それはおもしろい。行ってみようではないか」

老僧は灯りを目指して奥へ奥へと進んでいく。

「お、お待ちくだされ。それがしを先達に……」

「早《はよ》う来い、腐乱坊。カカカカッ……」

小柄な僧の身軽な足取りに比べて、大男はつっかえつっかえだが、老僧に追いつこうと必死である。灯りは近づくにつれて、大きくなっていく。壁や天井の様子もかすかながらしだいにわかるようになってきた。壁には一面にコケが生えており、天井にコウモ

リは一羽も見あたらないが、かわりに無数のムカデがひしめいている。

「深い洞窟でござるな。どこまで続いておるのか……」

ようよう老僧に追いついた腐乱坊が、心細げに言った。

「まさか黄泉《よみ》の国ということもあるまい。黙って歩け」

「しかし、もう二十間《けん》近くは入りこんでおりまするぞ。脇道もなく、ただただ真《ま》っ直《す》ぐな……」

「黙っておれ、と申すに。——聞こえぬか」

「なにがでござります」

「あの声じゃ」

腐乱坊は立ちどまり、耳を澄ました。


う……うう……

おおお……う……


うなり声のようなものが、奥から風に乗って聞こえてくる。

「やはり、猛獣の棲処《すみか》でござったか！」

「よう聞け。人声じゃ」

う……ううう……

おら……しらねえ……

しら……ねえ……

だまされ……

たすけ……


人魂のように揺れる灯りに向かってふたりはなおも進み、ついに洞窟の最深部に達した。両脇に柄の長い燭台《しょくだい》があり、そこに百目《ひゃくめ》蠟燭《ろうそく》が二本、ちろちろと燃えている。灯りはか細く、ふたりは目を凝らした。

「見よ、腐乱坊」

老僧が指さしたところには、小さな祠《ほこら》のようなものが岩のうえに載せられていた。祠といってもおもちゃのようなもので、奥の岩壁に貼りつけるようにして造られた木製の社である。奥行きは一尺ほどもあるまい。そして、祠のすぐまえに柱が立てられ、男がひとり、祠に向かうように、荒縄で縛りつけられている。よくは見えないが、脇腹には肉はほとんどなく、あばらが浮いている。腕も脚も鳥の骨のようにか細いようだ。

「ううう……ううう……おれ、なにもしていねえす。おれ、だまされたんだす。おれ……」

男は、祠に呼びかけるようにそう呟《つぶや》いた。

「なにかしでかして、罰を受けておるのでござろうか」

「おかしいな……」

「たしかにおかしい。どんな罪人かは知らぬが、縛りかたがひどうござる。手首に縄が食いこんでおる。あれでは血が通いませぬぞ」

「わしがおかしいと言うたは、あの男の向きのことじゃ」

「向き……？」

「祠に向けて縛られておる。長い長い洞窟の行きどまりなのだから、顔が見えるように、入り口のほうを向けて縛りつければよいではないか」

「はあ……それはそうかもしれませぬが……」

腐乱坊は、なぜ老僧が向きにこだわっているのかわからぬ様子であった。

「助けてやれ」

「よろしゅうござるか。いかなる罪を犯したるものか究明してからのほうが……」

「いや……一刻を争うように思う。疾《はや》く、縄をほどいてつかわせ」

「かしこまりました」

腐乱坊が、柱に近寄ろうとしたとき、

びょうっ

風音がした。

男は、がくり、と首を垂れた。男の背中から、なにか細いものが突きだしているのが見えた。

「いかん……！」

老僧が飛びだそうとしたとき、洞窟の入り口のほうから声がした。

「おおい……おおい……刻限過ぎたべよ……吾作……生ぎだがあず……」

「なにもねけがあ……吾作……」

かなり遠くからではあったが、狭くて真っ直ぐな洞窟なので、声は反響してよく聞こえる。

「待て待て、わしが行く」

「だども、宮司《ぐうじ》さま……」

「神域じゃ。まずはわしが様子を見る。おまえがたはそれからじゃ」

「いや、おれだ、しんぺえしてしんぺえして、なれー」

「そうか、ならば、わしのあとに続くがよい」

複数の足音が近づいてきた。老僧と腐乱坊は、岩陰に身を隠した。衣冠束帯《いかんそくたい》を身につけ、笏《しゃく》を持った、太った壮年の男を先頭に、数人の村人が小走りに現れた。神主とおぼしきその男は、柱に縛られている男の様子を見ると、

「おまえがたは、そこから入ってはならぬ。よいな」

村人たちを足止めしておいて、柱にゆっくりと近づいた。村人の居場所や、腐乱坊たちが隠れている場所からは、神主の背中にさえぎられて、男がどうなっているのかはわからぬ。しばらくすると、神主は、

「おお……怖ろしや、岩屋八幡大神……怖ろしや怖ろしや……」

そうつぶやいたあと、村人のほうを向き、

「吾作は死んだぞ。岩屋八幡さまの神矢に胸を貫かれたのじゃ。おおお……神罰恐るべし」

その言葉にはじかれたように、ふたりの村人が吾作の死骸にすがりつくと、縄をほどき、地面におろした。

「わしの思うていたとおりじゃ。やはり吾作は下手人であった。岩屋八幡さまはお見通しじゃ」

「んだげんと、宮司さま、矢を射たのは人間かもしんねえべした」

「貴様らの目は節穴か。この矢をよう見よ」

皆の目が、吾作の胸の矢に集まった。

「矢は、吾作の胸から背中へと貫きとおっておる。つまり、吾作の前方から飛来したのじゃ。吾作の前方には……」

宮司は祠を指さして、

「岩屋八幡さましかおられぬではないか」

◇

「なるほど……」

腐乱坊は目を細めて、

「たしかに、鏃《やじり》が背中から突きだし、矢羽根が胸側にあるところを見ると、あの神主の申すことが正しいようでござるな。なれど、あの小さな祠のなかにはだれも隠れる場所はなく、祠の高さは、ちょうど男の胸のあたり……。これは、まこと岩屋八幡とやらの神罰かもしれませぬぞ」

小声でそう言ったが、老僧はやれやれとでもいうようにかぶりを振り、

「この世に神仏などというものはない。あるのは、自然の理《ことわり》だけじゃ」

「それでは、あの男は……」

小さな僧がそう言いかけたとき、

「そごさいる野郎、こっちゃ来いず！」

村人のひとりが激しい語調で言った。見つかったか……腐乱坊があきらめよく出て行こうとすると、老僧が袖を引いた。

「待て……ちがうようじゃ」

村人たちは、少しはなれたところにある別の岩の陰に向かって叫んでいるのだ。

「こいづ……出てこねえごんば……」

数人の村人が岩陰に飛びこむと、ひとりの若者を引きずりだした。その顔を見て、腐乱坊が、

「あっ、あいつは……」

「やはり、また会《お》うたな」

老僧はにこにこ笑っている。

「こらあ、手荒にすな！　痛いがな」

村人たちは若者を地べたに引き倒すと、頭をぽかぽかと殴った。

「痛い痛い……痛いっちゅうに」

「んまぐねえやつだ。逃がさねがらなあ」

村人のひとりが荒い息を吐きながら、鎌を男の首にあてがった。

「むむ無茶すなや。わいは稲やないで」

「かすますい（やかましい）！」

村人は男の頬を思いきり張りとばした。

「なにさらす。わい、なんにもしとらんやないか」

「んだれば、こだな洞穴《ほらあな》でなにばしていだんだず」

「山のなかで道に迷うたんや。この洞窟で雨露しのごうと思うただけや。なにが悪いねん」

「おらだちが来たとき、なして隠れだんだず」

「それはやな……柱にひとが縛られてるし、妙な祠はあるし、気色悪いなあと思てるときに、目の前でひとが殺されたうえに、ばたばた足音がしたさかい、思わず隠れたんや。だれかてそうするやろ」

「にさ、百姓でも猟師でも旅の商人でもねえようだげんと、なんの仕事しているんだず」

「わいか。わいはただの旅回りの芸人や」

ひとりの村人が、若者の背負っていた布袋から、弓を取り出した。

「うわっ、おっがねえ！」

村人は、その短い弓を若者に突きつけて、

「旅回りの芸人が、なして弓をたなっで（持って）いるんだず。この弓がなによりの証

拠だべ！」

「こいつが吾作を殺《あや》めたんだっす」

「ちがうちがう、その弓はやなあ……」

興奮した村人たちは聞く耳を持たなかった。彼らは、若者をずるずると引きずるようにして洞窟から連れだしていった。老僧と腐乱坊は、そっと皆を追った。宮司と村人たちは、腐乱坊たちの追跡に気づかず、山を降りていく。ついに村に達したときには、すでに日は暮れていた。村人たちは、若者を村の広場に引きすえると、鎌や鍬を突きつけて、

「吾作の仇《かたき》だ」

「あがすけたがり（ふざけたやつ）め」

「殺してしまえ」

老僧が腐乱坊に、

「おい……」

腐乱坊はぺこりと頭を下げ、のっしのっしと若者に近づいた。

「おい……貴様」

「あっ、あんた、あのときの……。頼んます、たたた助けとくんなはれ。友だちですがな」

「いつ、貴様と友だちになった。なにをしたか知らんが、勝手に殺されろ」

「そんな冷たいなあ。袖すり合うも多生の縁ちゅいまんがな」

村人たちは腐乱坊にも鎌や鍬を向けて、

「でっかいお坊《つ》さま、まだいだんだがす」

「おめえもこいつの仲間かね。だったら、おめえも……」

腐乱坊は、ばきばきと両手の関節を鳴らしながら、若い男にささやきかけた。

「助けてやってもいいぞ」

「ほ、ほんまか！」

「だが、そのまえに……」

ちりとりのように大きな手のひらを男のまえに突きだすと、

「立てかえた茶代と団子代を返せ」

2

寛永《かんえい》十四年の夏はいつにもまして日照りつづきだった。

蟬時雨《せみしぐれ》の降り注ぐ羽州《うしゅう》街道の地面は、容赦ない太陽に熱されて、白い光を放っていた。

米沢《よねざわ》の城下を見下ろす峠に小さな茶店がある。店先を棕櫚箒《しゅろぼうき》で掃きながら、茶店の主《あるじ》がだれに言うともなくつぶやいた。

「まだ、明けて間もないというげんと、このうだりようだずね。今日はきのうより随分と暑ぐなるべ」

腰をかがめた主の額から首筋にかけては、すでに汗みどろになっていた。

「ご主人、歩きづめで喉が渇いた。白湯《さゆ》をふたつ、いただこうか」

いつのまにか、網代《あじろ》の笠《かさ》をかぶったふたりの僧が目のまえに立っていて、主はぎくりとした。ふだんなら、旅人が近づいてきたら、姿を見なくても足音でわかる。あるいは気配でわかる。客を逃がさぬよう、長年のあいだにつちかった商売上の勘である。ところが、このふたりの僧侶からはなんの「気」も感じられず、主は接近に気づけなかった。

(な、なんじゃ……まるで幽霊だず……)

ひとりはやたらと背丈が高く、もうひとりはやたらと低い。幽霊というよりは、一寸法師と鬼のようだ。笠のせいで顔は見えないが、袈裟行李《けさごうり》を前後に振り分けにし、袖長の衣を着ている。つまり、旅の雲水《うんすい》のこしらえだが、その笠は破れてささくれ立ち、墨染めの直綴《じきとつ》はあちこちが裂けて、ほとんど襤褸《ぼろ》に近い。雲水というより、願人《がんにん》坊主のたぐいではないか……そう思った茶店の主は、彼らが金を所持しているかどうかを危ぶんだ。

「おだぐら、銭たなっで(持って)いるんだがず?」

一文、二文をやりとりする利の薄い商売だ。こういうことははっきりきいたほうがいい。

「カッカッカッカッ」

背の低い僧が、カラスのようにけたたましく笑ったあと、

「心配いらぬ。わしらは久保田の仕尊寺のものでな、今から京へあがるのじゃ。道中なにかと物騒ゆえ、かかる身なりをいたしておるが、路銀はふところに仕舞《しも》うてあるゆえ、安堵《あんど》いたせ」

「ああ、んたが悪かったす。銭があればお客さまだす。——白湯でいいがす？　冷えた麦茶もあるんだげんとす」

「暑いときに冷たいものは腸に悪いゆえ、白湯でけっこう」

「白湯では腹がくづくなる（だぶつく）べえ。茶を飲まねえがし」

「はははは、わしら雲水は、日頃、粗衣粗食を旨としておるが、茶だけはよいものを喫しておるゆえ、下等な茶よりは白湯がよい」

「んだがし。まあ、好きにしたほうがええがし。——こっちに掛けらしぇしぃ」

店のまえの床机《しょうぎ》をすすめると、

「いや、奥があいておれば、入れていただこうか」

「へえへえ、どうぞ、入ってけらっしぇい」

奥といっても、すぐに行き止まりの狭い店だが、やや内側の薄暗い場所にふたりの僧は腰をおろした。白湯を盆に載せて運んでいった主は、笠を脱いだ両僧の顔を見て、思わず噴きだしそうになった。まるでお地蔵さまのように小さい僧は、足先が地面に届いていない。かなりの高齢だが、まんじゅうのようにまん丸の顔で、目もくりくりとしてよく動く。白いひげを長く伸ばしたところは、仙人のようだ。袈裟行李と古ぼけた唐傘を大事そうにかたわらに置いている。もうひとりは逆に山のような巨体で、顔が傷だらけ。暗闇で出会ったら、悲鳴をあげてしまいそうな人相だ。

（相撲くずれかもしれんな……）

茶店の主はそう思った。

「この白湯は喉をうるおすにはちょうどよいぬるさじゃ」

小さい僧はそう言いながら、うまそうに白湯をすすっている。

「おだぐら、京さ、なにしに行ぐのだっす」

「まあ、物見遊山じゃな。あちらこちらと見物するつもりじゃ」

老僧が答えた。大柄な僧はほとんどなにもしゃべらず、うなずいたり、にやりと笑うだけだ。

「んだがっし、ええご身分だなっす。おれも死ぬまでに一度、行ってみたいと思っていたんだげんとす……」

そう言いながらも、主は老僧の言葉を鵜呑《うの》みにはしなかった。物見遊山にしては、いくらなんでも身なりがひどすぎる。

（禅寺の坊主は、世間をはばかるようなことをしでかしたら、唐傘一本持たせて寺をおっぽり出されるというが、こいつら、もしかすると……）

寺を追放された破戒僧ではないか、と茶店の主が考えているのも知らぬげに、老僧は白湯を飲み干すと、

「もう一杯もらおうか」

「わがった。待ってけろ」

主はすぐに、湯呑みに白湯を注いだ。老僧はちょっと口をつけると、

「さっきよりは熱いのう。うまいうまい」

「んめがっす、お坊《っ》さま」

「皆は白湯は無味じゃと思うとるが、じつは底のほうにあるかなきかの味がある。白湯の味がわかってこそ、茶の味もわかるというもんじゃ」

「やっぱりお坊さまは茶が好きだんだなっす」

「おお、白湯の味など、わしらのような坊主でなければなかなか知らぬぞ。それに、暑いときには熱いものを飲むほうが身体によいのじゃ」

入り口の床机に腰をかけてそのやりとりを聞いていた若い男が、

「でへへへへ、暑いときに熱いものを飲む？　そんなことしたら、血がゆだるで。暑い暑い……ぶわーっ、暑い暑い暑い。汗が噴きだすわい」

　そう言いながら、手拭いで汗を拭ったあげく、茶店の主に、

「おっさん、この手拭い、もっぺん井戸水で冷とう絞ってんか」

　旅姿だが、遊山とも見えず、商人のように大荷物を担っているわけでもない。そのかわりに、何に使うのか、布袋に入れた短い弓を背負っているが、もちろん山猟師ではない。ぺらぺらぺらぺらとやたらしゃべるが、意味のあることはなにひとつ言わぬ。茶店の主は、この男の素性をはかりかねていた。役者にしたいようないい男だが、どことなく遊び人の風情もある。汗を拭いながらも串団子をほおばっている。

「お客さまよ、さっきから何度も何度もおれちゃ手拭いば絞らせて、汗ば拭いているげんと、いいかげんにしてけろ。んだれば手拭いぐらい絞ってやるげんと、なんぼう拭いても汗はあとからあとから湧いてくるは。そのまんましておぐのが一番いいべえ」

「そらまあそうやが、汗拭かなんだら心地悪いやないか」

「わだすは気にならん性分だっけし。ほれ、こっちに貸してけろ」

「頼むわ。それと、団子もう一皿と麦茶をもう一杯」

「やめれやめれは。団子はともかくよ、茶ばかりがぶがぶ飲むどよ、よけいに汗出んべえ」

「せやかて、暑いがな。ああ、暑い暑い。暑うて暑うてどもならんわ。お天道さまに笠でもかぶせたい。なんで、夏なんかあるんや。春から急に秋になったらええのになあ」

「春夏秋冬ちゅうはなれ、四季はじゅんぐりじゅんぐり来るべ。おだぐだぢみてえに夏を飛ばしたり、冬を抜いたりはできねえがらす」

「不便やなあ。あああああ、暑い暑い暑い暑い……」

「ああ、すこだま（ものすごく）しゃべるお客だなす。まるで、蟬みたいにかしましいでねえがす。そだにのべつまくなしにへらへらしゃべっから、口渇いて、茶ばかり飲むなでねえがす。それに、暑いときに暑いと言われると、いらいらしてくんのよ、やめてけろす」

「ようしゃべるのは商売柄や。暑いときに暑い言うてなにがあかんのや。暑うないときに暑いゆうのはあかんけど暑いときに暑いゆうのはあたりまえやがな。人間、嘘《うそ》ついたらあかん。わいは正直やで。こう見えても嘘と坊主の頭はゆうたことがない。――なあ、坊さん、嘘はあかんなあ」

　男は突然、茶店の奥で白湯を飲んでいたふたりの僧に声をかけた。小さいほうの坊主が、

「嘘？　わしらが嘘をついておると申すか」

「そや。坊さんら、雲水やろ。雲水ちゅうたら禅寺の坊主や。あんたら、さっき、なん

て言うた？　久保田の仕尊寺ゆうたら、天台宗やで」

言いながら、男は茶店のなかに入ってきた。ふたりの僧は顔を見合わせ、背の高いほうの僧が若い男をぎりりとにらみつけた。

「ほほう……仕尊寺は天台宗か。そりゃ、よいことをご教授いただいたわい」

その凄《すさ》まじいまでの眼力に、若い男はぶるっと震え、

「じょ、冗談やがな。嘘も方便、てお釈迦《しゃか》さまも言うてはりまっさ。嘘はええもんやで。わいなんか、毎日毎晩、嘘ついて世間渡っとるんやさかい。あっはっは……ははは」

顔に傷のある大男は、若者に二歩ほど近づくと、樫《かし》の木を削った太い杖を振りかざして、ためらいなく、びゅうん！　と振りおろした。

「ひぎゃっ！」

杖は、若者の額から一寸ほど上でぴたり、ととまった。若者の歯がガチガチ鳴る音が聞こえはじめた。

「ちと、うっかりしておったのだ。そうそう、われら、仕尊寺のものではない。暑さで頭がぼうっとしてまちごうた。われらは帰命寺から参ったのだ」

「帰命寺……そんな寺、久保田にあったかいな……あ、いやいや、ありました。たしかにあった。そうかいな、あんたがた、帰命寺のなあ……」

「ご納得いただけたかな」

「も、もちろんだすがな。ああ、暑いわい暑いわい。えらい汗やわ。――おっさん、もっぺん手拭い絞っててんか」

照れ隠しのように手拭いを振り回すのを見て、老僧がさも愉快そうに、

「今度の汗は冷や汗であろう。――おまえさん、何商売をやっておいでかな」

「わいか。わいは彦七《ひこしち》や」

「彦七、というと……?」

「知らんのか。村から村へ、おどけ咄《ばなし》やお化け咄、とんち咄なんぞを語ってあるく、おしゃべり上手のことや。わいは腕のええ彦七やで」

そう言いながら、男は五皿目の団子を口にした。

「ははあん、お伽衆《とぎしゅう》のようなもんじゃな」

お伽衆とは、大名や武将の側近としてさまざまな話をおもしろおかしく語って、無《ぶ》聊《りょう》をなぐさめる役目のことである。お咄衆、御談伴などとも呼ばれたが、娯楽のない戦陣ではとくに重宝された。豊臣秀吉に仕えたという曾呂利新左衛門《そろりしんざえもん》などが名高い。彦七とか彦市というのは、それまで大名相手に話されていたそういった滑稽譚《たん》を農村などに広めた、職業的な「旅の語り部《べ》」だった、と思われる。

「なにゆえ弓を持っておる」

「ああ、これか。しゃべるときに、弦《つる》をぼんぼん鳴らして、拍子をとるんや。おまはん

知ってるか？　弓の弦を鳴らすと、邪神病魔が退散するんやで」

「もちろん知っとるよ。鳴弦《めいげん》の儀とか蟇目《ひきめ》の法と申してな、貴族や武家ではよく行われておる」

「さすが、亀の甲より年の劫《こう》や。感心感心。伊達《だて》に、長いひげ生やしてるわけやないな」

　大男が憤然と割ってはいり、

「無礼なことを申すな。貴様、このおかたを……」

「まあまあ、よいからよいから。――おまえさん、上方訛《かみがたなま》りがあるが、大坂のかたじゃな」

「と－んでもない。わいは長崎生まれの津軽育ちやがな」

　大男が顔をしかめ、

「こやつ、嘘八百を申すにもほどがある。それでよく、われらを嘘つきよばわりしたものだ。死んだら閻魔《えんま》に舌を抜かれるぞ」

「せやから言うたやろ、わいは嘘ついて世渡りしとる、て。大きな声で言われへんけどな、今の世の中、上から下までひどい嘘で塗り固められとる。将軍さんも大名方も御家来衆も軒並み嘘つきや。わいが少々、空言《そらごと》使うぐらいかまへんやろ。それに、わいの嘘は楽しい嘘やで。聴いてるもん、みんなが愉快になるんや」

「なるほど、せっかくじゃから、おまえさんの彦七ぶりを聴かせていただこうかな」

「かまへんで。けど、わいも商売やさかい、銭はいただきまっせ」

大男が金を渡すと、彦七はそれをすばやくふところにしまい、背中の袋から弓を取りだした。その弦を、指で器用にはじきながら、ぶん、ぶん、ぶん、ぶん……という一定の律動を作りだし、

「えー、ちょいと出ました彦七があ、ただいまからおしゃべりいたしまするは、滑稽咄にとんち咄、怪談咄に武辺《ぶへん》咄、お色気咄に恋咄……珍談奇談猥談《わいだん》史談、冗談漫談軍談美談、なんでもござれの彦七咄、はじまりはじまり……」

鳴弦に乗せて、調子よく声を張りあげたとき、

「御免。——主はおるか」

五人の武士が茶店のまえに、出口を塞ぐようにして立った。身なりからして、いずれかの家中のようである。

「ご休息だがっす?」

茶店の主人が前掛けで濡《ぬ》れた手を拭きながら応対すると、眉《まみえ》の太い、四角い顔をした侍が、ずいと進みでて、

「そうではない。ここに、年寄りが一人《いちにん》、立ち寄らなんだか」

「どだなお年寄りだべが」

「さよう……年の頃なら七十歳ほど。小柄な人物じゃ」

「連れはいるんだがす?」

侍たちはたがいに顔を見合いながら、

「おそらく、ひとりということはなかろう。四、五人……いや、もそっと大勢、連れ合いがおるやもしれぬ」

主は、ちら、と店の奥の老僧を盗み見て、

「あのよ……その……ほだな年格好の爺《じ》さまなら、さっき……」

「なに? おるのか」

「ま、待て、騒ぐな」

武士たちはにわかに色めきたち、なかには腰のものに手をかけるものもいた。

蟹《かに》のように四角い顔の武士が一同を制すると、

「取り逃がしては一大事。殿への申しわけに、われら、腹を切らねばならぬ。慎重に……慎重に……」

後ろにいたひとりが、

「手向かってきたらいかがなさるご所存か。ここは人目がある。斬るわけにはいきますまい」

もうひとりが、

「相手は、この世におるはずのない御仁でござる。騒ぎになって、彼奴《きやつ》が生きながらえておることが世間に知れては困る、と十兵衛殿も申しておられた」

「その名前を出すなっ！」

四角い顔の武士は声を荒らげた。

「なにが十兵衛だ。あやつ……わが殿のまえでわしに恥をかかせよった。その役目、きわめてむつかしゅうござる、やりとげてもしくじっても、いずれにしても御当家に得なことはござらぬ、お断りなさいませ、と進言したわしに向かって、関ケ原で豊臣に味方した上杉家が存続する道はほかにあろうか、これは余が命じておるのではない、御公儀からの密命である、そんなこともわからぬとは、直江兼続《なおえかねつぐ》公亡きあとのご当家にはろくな家臣はおらぬようでござるな、と、あの男……将軍家指南役の嫡男かなにか知らぬが、許せぬ。許せぬわっ。なななななにゆえ、わしがあやつごときの指図を受けねばならぬのじゃ」

鼻血が出そうなほど興奮している。興奮すると、とめどのない性質《たち》のようであった。年若の侍が、

「あやつの指図と思うから腹も立ち申す。蟹沢さま、これは殿を、ひいてはわが家中を守るためと心得ねばなりませぬ。ともかくも、闇から闇へ葬らねばなりませぬぞ。宿《しゅく》はずれへ連れていき、そこでバッサリと……」

蟹沢とはまさにぴったりの名前である。べつの侍がその蟹沢に向かって、

「なれど、相手は名高き豪傑。かしずくものどもも、刀だけでなく、槍《やり》や鉄砲をも所持しておりましょう。われらの手に負えるかどうか……。ここは万全を期し、だれぞが城へ注進に走り、十兵衛殿にお出ましいただいて……」

「ええい、彼奴の手を借りたとあっては、米沢武士の名折れじゃ。われらだけで、やる」

蟹沢は憤然として一同を睨《ね》め回し、

「大野と山田は右から、溝口と大庭《おおば》は左から行け。正面は……わしに任せよ」

全員が抜刀した。茶店の主は蒼白《そうはく》になり、

「ちょ、ちょ、ちょっと待ってけらしぇい。なにがあったのだがっす……」

「黙れいっ。貴様ごときに話せることではない。怪我をしたくなければ、どいておれ」

蟹沢は四角い顔を茹《ゆ》で蟹のように真っ赤にして怒鳴ると、配下に向かって、

「老人とみて、あなどるな。相手は千軍万馬《せんぐんばんば》の古強者《ふるつわもの》だ。一筋縄ではいかぬぞ」

「心得た！」

「米沢武士これにあり。——行くぞ！」

蟹顔の武士は、大きく一呼吸したあと、茶店のなかに踏みこんだ。

「もはや逃げ場はないぞ、かつては知らぬが今は天下の大罪人。おとなしく縛《ばく》に……」

そこで言葉を切り、武士は、ぶはっと噴きだした。

「な、なんじゃ……ちんちくりんの坊主ではないか。それも、マヌケ面もよいところじゃ。ふはっ……ぶははははっ」

蟹顔の武士は表に出てくると、刀を鞘《さや》にしまい、

「この……大たわけものめ！」

茶店の主を怒鳴りつけた。

「わしが探しておるのは、かかるむさくるしい願人坊主ではない。武家じゃ。それも、もっと……その……立派な……」

「でも、おまえがた、お侍さまをお探しとは一言も……」

「やかましいわっ。貴様にはこれがどれほどの大事か……」

言いかけて、ぐっと言葉に詰まると、配下のものたちに、

「まだ、さほど遠くへは行っておるまい。追え、追え追え、追うのじゃあっ！」

言いながら、街道を西に向かって走りだした。

「なーんじゃ、あれは」

茶店の主は呆《あき》れたように彼らの後ろ姿を見つめていたが、ふと店先の床机に目を移し、

「く、食い逃げだべ！」

いつのまにか、ぺらぺらよくしゃべる若い男の姿は消えていた。

「きゃ悪い、あの侍どものせいで、とんだとばっちりだず。やっていられねぇはぁ」

「まあまあ、ご主人、そう怒りなさるな」

老僧がにこやかな顔でそう言うと、

「他人《ひと》ごとではねえず……おらだにとって、たとえ一文二文でも……」

「ああ、わかったわかった。あの男の分もわしらが払《はろ》うてやろう。——腐乱坊」

腐乱坊と呼ばれた大男は、軽くうなずいて、胴巻きを取り出した。茶店の主は、顔につぎはぎがあり、肌の色も場所によって異なる腐乱死体のようなこの大男に、腐乱坊とは言い得て妙だと思いながら、

「あ、いや、おだぐらに払うてもらう筋合いはないっす。それは……いや……ああ、んだがっし。そこまで言《っ》うのだごんたら……えーと、茶代と団子五皿だっず。はははは、はははは、お坊さまがた、太っ腹だなっす」

主は銭を受けとると、

「んだれば、白湯をもう一杯、飲んでけろ。これはおれのおごりだっす」

「そんなに白湯ばかりはいらぬ」

と言いさした腐乱坊に、

「いや、ちょうだいしよう。ご主人、白湯をいただきますよ」

「んだがっす」

主はすぐに三杯目を持ってきた。老僧はありがたそうに押しいただいてから、飲もうとして、

「わつつっ」

「熱ぐねけぇがっす？　わざと、したなだけっす」

「なんでだね」

「おまえがた、三献茶《さんけんちゃ》の故事知らねけぇがっす？　んだなあ、田舎のお坊さまが知らねえのも無理のないことだべぇなっす……」

「ほほほほ、そうあなどったものでもないぞ。——なんですな、その三献茶というのは」

「太閤《たいこう》秀吉殿下が鷹《たか》狩りの最中に喉の渇きをおぼえ、そこにあった寺さ入って、茶をけろ、と言ったんだず。寺の小坊主が持ってきたのは、薄くてぬるい茶だったけのよ。一息に飲んだ太閤さまは、もう一杯所望した。つぎに小坊主が持ってきたのは、さっきよりもちっとばかり熱い茶だったんだず。んめえんめえと、これも飲み干した殿下が、もう一杯頼んだときよ、小坊主が持ってきたのは、熱くて濃い茶だったんだなっす。——わかんべえ、お坊さまがた。はじめは喉が渇いていんべ？　んだから、ぐい、と飲めるぬるくて薄い茶だったんだず。つぎは、少し熱い茶。最後は、舌が焼けぱったするような、熱ぐて、濃い茶をちょぃとだけ出し。飲む相手のことを考えたもてなしだったんだ

ず。この小坊主、いったいだれだと思うす」

「さてのう……」

「知らねえべなあ。のちの、石田治部少輔三成《いしだじぶしょうみつなり》さまだす！」

主はそう言って胸を張り、ふたりの僧は、ほほう、と感心したような声を出した。

「これが三献茶の逸話だす。おれも治部さまの故事に倣《なろ》うて、茶や白湯を出すどきは、はじめはぬるく、つぎはちょっぴり熱く、最後は一番熱く、と心がけているんだっす」

「カッカカッカッ……ご亭主、なかなか学者じゃのう」

「太閤殿下は、その心遣いに感心してなっす、治部さまを小姓にしたんだどなっす。それが、治部さまのそのあとの出世の糸口となったんだべぇなあ」

「ご亭主は治部が好きかの」

「治部ど呼び捨てにしたら罰があだるがらな。治部少輔さまだっす」

早口でそう言ったあと、

「米沢は、治部さまのご親友だった直江兼続さまのいだ土地だべがら、治部さまひいきが今でも多いんだっす。——おっとう、あんまりでかい声で言うと、しぇめられべず（縛られる）」

あわてて口を押さえる主人に、老人はカッカカッカッと笑いながら、

「では、腐乱坊、参ろうかの」

そう言って、茶店を出た。歩きながら、腐乱坊が言った。

「さきほどの連中は上杉家の……」

「であろうのう。柳生《やぎゅう》の小倅《こせがれ》に尻をかかれて、追ってきたのじゃ。上杉家は、関ケ原で大坂方にくみしたゆえ、取りつぶしをちらつかされて脅されては、徳川の言うことを聞くよりあるまいて」

「米沢は、兼続殿が長らく家老を務めておられましたので、少しは息がつけるかと思うておりましたが……」

「兼続が亡くなって、もう十八年になる。直江家は断絶したし、昔のようにはいかぬわさ」

「それにしても、なんとか首の皮一枚で助かりました。彼奴らは、われらが侍姿で旅をしていると思うておるようで……」

「それも、じきにバレる。以後、茶店などに入るおりは、裏口があるかどうか調べてからにせずばなるまいて」

「あの男は、どこから失《う》せたのでござりましょう」

「気づかなんだか。屋根からじゃ」

老僧はこともなげに言った。

「屋根……？」

「侍どもが踏んごんでまいった刹那《せつな》、跳びあがって、梁《はり》につかまり、そのまま屋根へ出たのじゃ。なんとも身の軽いやつではあるわい」

「はじめは、たかのしれたゴマの蠅《はえ》と思うておりましたが……なにものでござろう」

「おそらくは何のなにがしと、名前の通った盗賊でもあろう。それに、なかなか気骨のあるやつじゃ」

「いかさまさようで」

「ともかく、仕尊寺が禅寺でないと教えてくれた恩人じゃ。いずれ再会したあかつきには、恩返しをせねばなるまいて」

「いや、もう二度と会うこともござりますまい」

「それはわからぬよ」

老僧は、カーッカッカッカッ……と笑ったが、はたしてそのとおりになったのだ。

3

「わかったわかった、銭は返す。返すさかい、助けてえな」

彦七に懇願されて、腐乱坊はにやにや笑いながら村人たちのほうを向き、

「この男はわれらの連れだ。旅回りの彦七でな、あちこちの村を訪ねては、おもしろお

かしい咄をして、銭をもらう」

「なして、弓を持っとった」

「弓の弦をはじきながら調子を取るのだ。その証拠に、弓だけで矢は持っておるまい」

　村人は布袋を調べて、不承不承うなずいた。

「怪しいものではないゆえ、放してやってくれ。――そうだな、彦七」

「そ、そやねん。なんなら、ここでひとしゃべり、やってみせよか」

「ほだなごどねえす（それにはおよばない）」

　いまだ半信半疑の村人たちに、太った宮司が言った。両腕が太く、とくに右肩の筋肉は瘤《こぶ》のように盛りあがっている。

「わしも、このものどもの申すことが正しいと思う。吾作を殺めたる矢は、洞窟の奥から射られておった。それができたのは、唯一、岩屋八幡さまだけじゃ」

　村人たちは肩を落とした。

「んだれば、やっぱり吾作は咎人《とがにん》だったべがあ」

「神判じゃ。疑うべくもない。吾作はおそらく、太助と示し合わせて、米をば盗んだのじゃ。そのことは、明晩行われる太助の弓起請《ゆみきしょう》で明らかとなろう」

　彦七がおそるおそる顔をあげて、

「えーと……ほな、わいはもう、お解き放ちいただいてもかまへんか」

「疑いは晴れたべず。わらわら（とっとと）村から出ていけは」

「そない怒りないな。今日の宿がないねん。日も暮れかけてる。今から城下へも戻れんし、つぎの宿までは遠いやろ。今晩一晩だけ、泊めてくれへんか。腹抱えて笑うようなおもろい咄、させてもらうでえ」

「ずうずうしいあんつぁだずな。今、この村は、ひとが死んで、それどこではねえんだず。さあ、行けは行けは」

「取り込みごとや厄介ごとがあるなら、相談に乗りまっせ。ここにおいでの坊さまはえらいおかたでな、日本一の物知りやで」

「んだがず、なんちゅうお坊《つ》さまだ?」

　彦七はちょっと口ごもって、

「えーと……長音上人《ちょうおんしょうにん》さまとおっしゃる。名高いかたやさかい、あんたらも一度や二度、名前は聞いたことあるはずや」

　老僧と腐乱坊は顔を見合わせた。まるっきりでたらめである。

「物知りなだけやないで。長音上人さまは、霊験あらたかや。祈禱《きとう》や狐落《きつねお》とし、祟《たた》りの浄《きよ》めも達者になさる。どや、わいらを泊めてくれたら、あんたらの難儀なんぞすぐさま片づくことまちがいなしやで」

　ひとりの若い娘が決死の形相で進みでると、

「ほんてん（本当）だの？　もし、おまえだぢに、ほだな力があるごんだら、お願いだっす、太助どんを救うてけろ」

年は十六ぐらいか。まわりと比べて、よいべべを着ている。ほかの村人が驚いて、

「お志乃さま、ほだなこと言うては……」

「おら家《え》さ泊まってもらうべ。それだばいがんべよ」

「ならぬ！　ならぬぞ！」

肥えた神主が笏を振りかざし、

「この村の秘事を余所者に教えるなどもってのほかじゃ。いくらお庄屋さまの娘御でも、お下がりなされよ」

「ん、んだげんと、宮司さま、おら……」

「ええから黙っておられい！」

神主は鬼のような形相で若い娘を叱りつけた。

「なしてだ。このお坊さまが太助どんの命を救うてけっどいいげんとなあ……」

「すべては岩屋八幡さまのお決めになられることじゃ。人間の浅はかな知恵ではどうにもできぬ。ましてや、こだなずんぼろ坊主になにができようぞ」

神主は、老僧たち三人に向き直ると、

「汚らわしき余所者が立ち入るのは許されぬ神事《かみごと》じゃ。早々に立ち去られよ。さもなく

ば岩屋八幡の天罰たちどころにくだるであろう」

　腐乱坊が顔面を朱に染めて、

「聞き捨てならぬ。汚らわしきとはだれに向かって申しておる。それに、命を救うてくれというのはただごとではない。立ち去るわけにはいかぬわ」

「天罰を怖れぬ不届きものめ。肉腐り果て、血反吐《ちへど》を吐いて死ぬがよいわ」

「天罰、神罰と申すは、悪しきことをなしたるものに下される。われら、身に一点の恥じるところもない」

　宮司と腐乱坊がにらみあっていると、老僧はカッカッカッ……と笑い、

「天罰は怖いのう。しかたない、余所者は退散いたしましょうかな」

　そう言って、踵《きびす》を返した。やむなく、腐乱坊と彦七もそれに従う。しかし、十歩ほど進んだとき、老僧はくるりと宮司に向き直り、

「宮司どの……おまえさんと一度、会うたことはなかったかな」

「願人坊主の知り合いはない」

「あはははは、そうかな。そうじゃろうな。――では、どなたさまもお邪魔をいたしました」

　村を出て、しばらく歩いたとき、彦七が言った。

「上人さま、えらい素直にあの神主の言うこときはりましたなあ」

「だれが上人さまじゃ。わしは、ただのずんぼろ坊主じゃよ」

「あんたら、なにやら世間はばかるようやな。さっきは、急にきかれて、ふっと口から出たんやけど、長音上人さまでええんとちゃいまっか」

「カッカッカッ……長音上人か、それもよかろう」

「もしかしたら、あんたら、わいとおんなじ仕事……」

老僧は大男に笑いかけ、

「聞いたか、腐乱坊。わしが、盗賊に見えるとよ」

彦七は顔色を変え、

「しっ……声が大きいがな」

「うははは……わしが、神主の言いなりになって村を出たのはのう……」

そこまで言ったとき、前方の小藪《こやぶ》ががさがさと音を立てた。腐乱坊と彦七はさっと身構えたが、藪のなかから出てきたのは、さっきのお志乃という娘だった。蒼白な顔で娘はその場に土下座して、老僧を拝み、

「お願いだっす。太助どんの命、助けてけらっしぇい」

老僧はほかのふたりに向かって、

「このものが、わしに目配せをしたのでな、あとでどこかで落ち合おうということじゃと思うて、あそこは引きさがったのよ」

「この向こうに、空き家になっている山小屋があるはずだげんと。そこさ行ぐべ」

「行ぐべ行ぐべ」

彦七がうなずいて先頭に立とうとしたので、腐乱坊が、

「おい、おまえも行くのか」

「あったりまえでんがな。受けた恩を返すまでは、離れまへんで」

「助けるのではなかったたな」

四人は、山道をしばらく歩んだあと、森のなかの小径《こみち》をたどり、灌木《かんぼく》に覆われた小さな小屋へとたどりついた。

「さ、ここじゃ。汚いところやが、入ってくだされ」

「ほんまに汚いなあ。蜘蛛《くも》の巣だらけやがな。うわっ……ネズミの糞《ふん》がぎょうさん落ちてるわ」

彦七は、多少はましな場所を見つけて、まっ先に腰をおろした。老僧と腐乱坊はネズミの糞など気にせずに座る。

「おらは志乃と言うだんし、この村の庄屋の一人娘だっす」

腐乱坊が、

「太助という男の命を救ってほしいと言うていたが……」

「へえ……太助どんは今、おら家《え》の屋敷の牢《ろう》にいるんだっす」

「太助さんとやらは、なにかしでかしたのかね」

「とんでもねえす。なんにもしていねっす」

「なにもしておらぬものが、なぜ牢に入れられる」

「太助どんは、米盗人とまちがわれたんべなあ。おら家の米蔵のあだりをうろついていだところを、しぇめられ（捕われ）たんだす。同じ晩げに吾作どんもしぇめられで、二人で示し合わせて米を盗みにきたちゅうことになったんだべ……」

「太助は、米盗人ではないのだな」

「へえ、吾作どんは知らねえげんと、太助どんは盗みはしていねんだす」

「では、なぜ夜中に庄屋の屋敷に来たのだ」

「さ……それは……」

　口ごもるお志乃に老人が笑いながら、

「若いもんが夜中に出歩くといえば、決まっておろうがな。——のう、お志乃さん」

　お志乃は顔を赤らめ、

「太助さんは、おらに会いにきたんだす。米なんか盗んでいねげんと。んだげんと、おら家のおっ父は盗人だと勝手に決めてなれ……」

「ふむ、逢《あ》い引きを盗賊と誤解した、ということか。——吾作という男が庄屋屋敷に来たわけは？」

「それは知らねえす。んだげんと……岩屋八幡さまの御神矢が当たったんだから、もしかすっと吾作どんは……」

「その、岩屋八幡の弓起請とやらについて、詳しゅう教えてくれ」

志乃の言うには、十年ほどまえ、ひとりの神官が突然村に現れ、洞窟の奥に八幡大神が降臨した、と告げた。京の都から来た、というその神官は、そこに小祠《しようし》を建立して、自分がそこの神主となった。

「京か……」

老僧が口を挟んだので、志乃は言葉をとめて、

「なにか……？」

「いや、続けなされ」

庄屋（つまり、志乃の父）は、当初は余所者の神主を疑い、村から追い出そうとしていたほどだった。村のものたちも、彼の霊験については半信半疑だったが、あるとき、村で盗難があり、ふたりの男に疑いがかかった。ふたりとも、自分はやっていない、と言い張った。村内の不祥事ゆえ、できれば役人に知られたくない。どちらが手をくだしたのか村人たちが決めかねていると、宮司が「弓起請」という神判を行えばよい、と言い出した。すなわち、洞窟の、祠のまえの柱に、疑いのかかったものを祠に向けて縛りつけて半日置く。明け六つにはじめて、暮れ六つを過ぎてもなにごともなかったら、そ

のものは無実である。しかし、まことの罪人《つみびと》であれば、祠から御神矢が射放たれ、そのものの胸を貫く。ほかに道もなく、しかたなく庄屋も折れて、その「弓起請」を行うことにした。はじめのひとりは、暮れ六つになってもなにも起こらなかった。しかし、もうひとりは……。

「射抜かれたか」

「はい」

二人目の男は、胸を矢で貫かれて死んだ。

「矢は胸から入って、背中へと抜けている。祠から射かけられたとしか思えぬ。——そうじゃな」

老僧の言に娘はうなずいた。

「なれど、祠は人間が隠れひそむには小さすぎる。神のしわざとしか考えられぬ。——そうじゃな」

娘は再度うなずいた。

「吾作と同じじゃのう」

彦七が、

「上人さまは、まるで見てはったみたいやなあ」

「見ておったのじゃ」

「――は?」

「わしと腐乱坊は、あのとき、洞窟のなかで岩陰に隠れて一部始終を見ておったのじゃ。たしかに矢は、吾作の胸から背中へと通っているように見えたわい」

「な、な、なんやて。ほな、そのときに助けてくれたらよろしやないか!」

「カッカッカッカッ。様子を見ておったのじゃ。結局は救うてやったのだから、よいではないか」

「かなんなあ、もう……。けど、見てはったんやったら、祠のなかから矢が飛び出してくるところも見はりましたか」

「暗かったし、吾作の身体で隠れて、そこまでは見えなんだ。おまえはどうじゃ」

「わいも、暗《くろ》うてわからなんだ。けど……矢音は聞こえたで。――上人さま、神さんが人間の罪のあるなしを裁いたりしはるもんですやろか」

「ない、とは言えぬな」

老僧が言うには、日本ではかつて、鉄火といって熱した鉄棒を握らせるもの、盟神探湯《くかたち》といって煮えたぎった湯に手をつけるもの、湯起請《ゆぎしょう》といって沸騰した湯のなかから石を取り出すものなど、さまざまな「神判」があり、黒白のはっきりしない物ごとの見極めが行われたという。

「鳥に小便をかけられたものが罪人じゃ、とか、ネズミに服を食いちぎられたものが罪人じゃ、という調べかたもある。弓に射殺されたものが罪人という神判があってもおかしくはない」

「ほな、やっぱり神さんが弓を射はったんや」

「おまえさんが言うておったように、弓は武勇の象徴《しるし》であるとともに、邪気を払い卜占《ぼくせん》をするための呪具でもある。各地の神社では『弓神事』というて、流鏑馬《やぶさめ》の騎手が忌串《いぐし》に挟んだ的を射抜く、といった行事が盛んに行われておる。なかでも、八幡大神は『弓矢八幡』というて、武家の信仰を集めている。また、破魔矢、破魔弓というのも、神と弓矢のかかわりをあらわしておろう」

「わいの思たとおりや。上人さまは物知りやで」

「じゃが、おまえさん……この世に神仏なるものがおわすと思うか」

「そら、いてはりますやろ。でないと、坊さんや神主はアホちゅうことになりまっせ」

「その昔、織田信長公が桶狭間の合戦に向かうとき、ある神社に立ち寄り、銭占いをして勝敗をうかがった。たった数千の手勢で数万の今川義元軍に挑まねばならぬ。ここで、敗北の卦《け》でも出ようなら、全軍の士気は地べたまで落ちるところじゃが、銭を放ってみると、表が出た。幾度かやり直しても、そのたびに表が出る。負け戦《いくさ》を覚悟しておった信長公の配下は、にわかに活気づき、われらには神の御加護がある、負ける気遣いはない、と獅子《しし》奮迅の働きを示し、わずかの軍が大軍を圧倒できた」

「そらみなはれ。やっぱり神さんはいてはるんや」

「戦い終わって、信長公が腹心のものに銭占いで使《つこ》うた銭を見せたが、それは両面とも表であったそうじゃ。――神仏というのは人の心の動きということよ」

「ほな、あの男はどないして殺されたんやろ」

「まあ、そう急《せ》くでない」

老僧は、志乃に話の先をうながした。

「そのときに射殺されたひとの家から、盗まった品々がえっぱい見つかったんだどす」

それを知った庄屋は、途端に神主に帰依《きえ》し、大きな屋敷を献上するなど、熱心な信者となった。村のものたちもすっかり「岩屋八幡」を信用するようになった。

「何日かめえに、おらは知らねがったげんと、おらのおっ父のどこに宮司さまが来てなれ、近いうぢに郷蔵《ごうくら》に盗人が入る、と岩屋八幡さまからお告げがあった、と知らせに来たんだどす」

郷蔵は、年貢米を一時置いておく場所で、この村では庄屋の敷地のなかに建てられていた。今は、時期的に年貢米ではなく、飢饉《ききん》にそなえての救済米が貯蔵してあったらしい。庄屋と使用人たちは、それ以来毎晩、寝ずの番をしていたが、そんなこととはつゆ知らぬ太助は、その夜も志乃と会うべく庄屋屋敷を訪れて、たちまち使用人たちに捕らえられた。ほぼ時を同じゅうして、吾作も蔵の近くで捕まった。庄屋が、郷蔵を開いてみると、蓄蔵してあったはずの米が一粒残さずなくなっていた。疑いは、もちろん太助と吾作にかかった。

「今日、吾作どんが弓起請で殺されたんだす。明日は太助どんの番だす。——お願いだず。太助どんを助けてけらしぇい」

志乃は頭を床につけた。腐乱坊は、

「太助という男は、本当に米を盗んではいないのだな」

「へえ……それはまちがいなく……」

「ならば、怖れることはないではないか。岩屋八幡の神判が正しいならば、罪のないものに罰を下すことはあるまい」

「んだげんと……」

目のうるみだした志乃を見て、彦七が言った。

「かわいそうになあ。おまはんの気持ちはわかる。なんぼ無実とわかっていても、自分の想《おも》い人が半日も洞窟のなかに縛りつけられると思うたら、不安になるわなあ。それに、神さまかて、まちがうかもしれん。射殺してから、あ、まちごうた、ごめん、言うたかて、もう手遅れや」

それを聞いて、志乃はわあっと泣き伏した。腐乱坊は彦七の後頭部を平手で叩き、

「おまえのせいで、よけいに不安がっておるではないか。いらぬことを言うな」

「す、すんまへん」

「それにしても、その太助という男、なにゆえおまえとの逢い引きのことを言いださぬ。命が助かるかどうかの瀬戸際ではないか」

「太助どんは……ほだなこと、おらのおっ父や村の衆にわがっど、おらが難儀すんべえ、と思ているんだべず。おっ父は怒りくるうべえ、ほだなこどなったら太助どんは村八分になるべ」

老僧は、カッカッカッカッカッ……と笑うと、

「わかったわかった。太助と申す男を助けてやろう。——太助を助ける、とは、これはうまい洒落《しゃれ》じゃな」

「呑気《のんき》なことを言うておるときではござりませぬぞ。上人さま、われらは先を急ぐ旅。それに……」

「わかっておる。すぐにすむ。——志乃とやら、ひとつだけきくが、近々、郷蔵の検分は行われることになっていたか」

「へえ……年貢米の入っていねえ時分に検分はない定めだが、急の御沙汰があってなれ、今度、お役人さま立ち会いのもとで、久方ぶりに蔵を開けることになったんだす」

「やはり、そうか」

老人は、懐紙と矢立《やたて》を取りだすと、なにやらそこへさらさらと書きつけ、幾重にも折

りたたむと、それを志乃に渡した。

「おまえさんは今から家に戻り、これを父親の庄屋に手渡すのじゃ。ほかのものに見られてはならぬぞ」

「へ、へえ……んだげんと、お坊さま、太助どんのことは……」

「心配いたすな。明日、弓起請の最中に救うてしんぜよう」

そう言うと、その場にごろりと横になり、

「歩きくたびれた。わしは寝る」

志乃は不安げに老僧を見守っていたが、腐乱坊が精一杯の優しい声で、

「この爺《じい》さんは、妙なことばかり口にするが、いたって頼りになるおかただ。このおかたが、救うてやる、と申されたのだから、きっと太助は救うてくださる」

「ん、んだがっす。わかったべす」

志乃はなんども頭を下げると、手紙をふところにいれ、山小屋を出ていった。

「さて、わしらも寝るか」

腐乱坊もその場に横になった。

「えーっ、まだ宵の口でっせ。年寄りは早寝やけど、わいら若いもんは、こんな早うから寝つけんわ。それに、腹がぺこぺこや。なんぞ、食うもんおまへんか」

「昼間、あれだけ団子を食したからよいではないか」

「あんなもん、とうにこなれてますわ。——ああ、腹減った。こんな山小屋、来るんやなかった」

「おまえが勝手についてきたのだ」

「ああ、腹減った腹減った腹減ったー」

「やかましい！」

4

翌朝、三人が山小屋を出たのは夜明けまえだった。

「ふわああ……まだ暗いやおまへんか。どこへ行きまんねん」

ねぼけた声で山道をくだる彦七に老僧が言った。

「弓起請は明け六つから行われる。そのまえに洞窟に入るのじゃ」

「えっ、ま、まさか、今から暮れ六つまでずっと洞穴におるんやおまへんやろな」

「そのまさかじゃ」

「そんな……わい、きのうの晩飯も食うてまへんねんで。それが、今日も一日飲まず食わずやなんて……」

「嫌なら、どこへでも去るがよい。無理強いはせぬぞ」

「…………」

結局、彦七はぶつぶつ文句を言いながらもふたりのあとをついてきた。闇にまぎれて三人は洞窟に入り、鼻をつままれてもわからぬ漆黒のなかを進んだ。

「こういうとき、道がまっすぐなのはありがたいわ。迷うことないさかい」

「しっ……黙っておれ。見つかったら元も子もないぞ」

腐乱坊に叱られて、彦七は暗がりで頬をふくらませた。

「気にせんかて、だれもいてまへんて」

「洞穴というのは声が響いて、遠くまで届くものだ。よいから、そのよく動く口をしばらくつぐんでおれ」

三人はようよう洞窟の最深部に着いた。手で探ると、柱と祠がある。まちがいなく、ここが昨日の場所だ。老僧が小声で、

「も少し入り口寄りに隠れるとするかのう」

「しゃべったらあかんのとちがいまんのか」

「黙れ」

「痛っ！」

闇のなかで、腐乱坊の声となにかを叩く音がした。

「しっ。足音じゃ」

三人は息を殺した。たしかに入り口のほうから複数の足音が近づいてくる。しばらくすると、松明《たいまつ》の明かりとおぼしきものがいくつか、ゆらゆらと不知火《しらぬい》のように揺らぎながらしだいに大きくなってきた。まだこどものような顔つきの若者が、縄で縛られたまま、後ろから小突かれて、よろよろした足取りで奥へ奥へとやってくるのが見えた。縄の端を持っているのは、あの神主だ。そのうしろに数人の村人が従っている。神主は、祠の両側にある燭台の百目蠟燭に松明の火を移すと、太助をその場に突き倒した。

「こやつを柱に縛りつけよ」

ためらっている村人に、

「早うせい。のろのろしておると、貴様らにも岩屋八幡の祟りがくだされようぞ」

「太助、すまねえし。おらだを恨まないでけろ」

「おめえがなにもしていないごんだら、暮れ六つまでのしんぼうだべ」

若者は顔面に血の気がなく、なにを言われても呆然《ぼうぜん》として口をきかぬ。村人たちは彼を柱に、祠のほうを向けて縛りつけると、

「夕刻にまた、来るからな」

そう言うと、未練を残しながらも今来た方角へと戻っていった。彼らが洞窟の外へ出たであろうころ、老僧がなにやら腐乱坊に耳打ちした。腐乱坊はべそをかいたような顔つきになり、

「それを、それがしがやるのでござるか」

「そうじゃ、やってみい」

「いや……それがしにはいささか荷が重うござる。とてもつとまるとは……」

「やるのじゃ」

腐乱坊は二度ほど小さく咳《せき》払いをすると、両手を口の左右にかまえ、

「太助……太助よ……」

老僧が、

「声が小さい！」

腐乱坊はやけくそのような大声で、

「太助よおおお！」

太助は、水を浴びせられたようにハッとした。

「だ、だれだ、おらを呼ばったのは」

「辛国《からくに》の城に八流《はちる》の幡《はた》とともに天下《あまくだ》って、われは日本の神となれり」

「おめは……おめえさまはまさか……」

「われは、岩屋八幡の神ぞ」

「ほ、ほんてん（本当）だの？」

「ゆめ、疑うことなかれ」

「お、お、お、お助けてけらしぇし。おれはなにもしていねす。お願《ねげ》えだす、射殺《いころ》すんのだけはやめてけろ」

「わかった。太助、おまえを助けてやる」

　言いながら、腐乱坊はぷっと噴いてしまった。

「今のは洒落ではないぞ。救うてやるゆえ、安堵いたせ」

「ほんてんだがす？　んだれば、この縄、すぐさまほどいてけろ」

「まだ、だめじゃ。夕刻まで待て。この村には、悪いやつがおるようじゃ」

「悪い……やつ……？」

「飢饉にそなえて蓄蔵しておった米を盗んで横流しし、検分があるとわかって、その罪をおまえと吾作になすりつけようとしたやつじゃ」

「ほだな野郎がいるべえか！」

「おる。そやつを見極めるために、おまえにはこのまま縛られたままでいてもらう。よいな」

「ほだなことだば……へえ……岩屋八幡さま、お願えします」

　太助は不安そうにうなずいた。腐乱坊はたっぷりとかいた汗を手で拭い、

「これでよろしゅうござるか」

「なかなかの俳優《わざおき》ぶりじゃったな。どこで覚えた」

「おからかいにならぬよう……。なれども、それがし、上人さまのお教えどおりにしゃべりましたるが、夕刻に太助を救う手だてとは……？」

「それは……内緒じゃ」

老僧はいたずらっぽく右目を閉じた。

◇

昼過ぎになり、彦七が騒ぎだした。

「腹減ったあ、腹減ったあ、ああ腹減ったあ腹減ったあ」

腐乱坊がゲンコツで彦七の頭をゴツリと殴り、

「うるさい。見つかったらどうする」

「そやかて、もう、腹の皮と背中の皮がひっつきそうや。――そや、わい、ひとっ走り、村まで行ってきますわ。ほんで、なんぞ食うもんを……」

「馬鹿か、貴様は。見つけてくださいと言いにいくようなもんじゃ。じっとしておれ！」

「辛抱ならん！」

「辛抱しろ」

「あんたは鬼や」

「しゃべるな！」

そのとき、彦七の腹がぐぐう……とヒキガエルが鳴くような音をたてた。老僧がカッカカッと笑い、

「口を閉ざしても、腹の虫の口までは閉じられぬようじゃな。──彦七、あれを見い」

老僧は、岩屋八幡の祠を傘の先で示した。そこには供物を載せる台があり、そのうえには、竹の皮で包まれたものが置かれていた。彦七は、その苞《つと》に飛びついた。

「うわあ、握り飯や。これ、食うてよろしいの？」

返事をきくより先に、彦七は握り飯にかぶりついていた。

「うまいっ！　塩加減といい、握り具合といい……こらうまい！」

たちまちふたつを腹中に収めてしまった。

「これ、彦七。みな食うてしもうてはいかん。太助にふたつ、食わせてやれ」

「ええーっ、こいつに？　罪人かもわからんのに……」

「つべこべ申すな。このように申せ」

老僧に耳打ちされ、彦七はしぶしぶ、握り飯をつかむと、太助にさしだした。太助は、いきなり現れた彦七と握り飯に目を白黒させていたが、

「あ、あんたは……？」

「わいは、岩屋八幡さまのお使いや。これは、八幡さまからおまえに下さるお下がりや

さかい、さあ、食べ」

そう言うと、握り飯をむりやり太助の口中に押しこんだ。

「八幡さま、ありがとうございました。ありがと……うぐ……うぐぐ」

息ができなくなり、太助は大半を地面にこぼしてしまった。

「あー、もったいな。せやから、わいが食うたらよかったんや」

不平たらたらで岩陰に戻ってきた彦七の頭を、腐乱坊は芭蕉《ばしょう》の葉のように大きな平手で張りとばし、

「おまえがちゃんと食べさせてやらんからだろうが。この横着もの！」

そのあとはなんの話もなく、ひたすら暮れ六つを待つばかりである。彦七はいつのまにか横になり、ぐうぐうと眠っている。腐乱坊も目がとろとろとしてくるのをこらえることができなかった。太助は、刻限が近づくにつれて恐怖も増してくるのか、目を見開いて、岩屋八幡の祠を凝視している。そんな三人の様子を、老僧は微笑《ほほえ》みながら見守っていたが、

「そろそろじゃな」

そうつぶやくと、傘の柄で腐乱坊と彦七の背中をどやしつけた。ふたりは寝ぼけ眼《まなこ》をこすりながら起きあがった。

「腐乱坊、よう聞けよ。今から、なにかが洞窟の入り口のほうから飛んでくる。おまえ

はそれを受けとめよ」

「なにか、とはなんでござる」

「おそらくは矢であろう」

「矢は、祠から射だされるのでは……？」

「いや、入り口からじゃ。それを、おまえは打ち落とすなり、なにかで防ぐなりして、太助に当たらぬように……」

その言葉が言い終わらぬさきに、

びょおっ

風を切る矢音がした。腐乱坊は一瞬おくれて、右腕を差しあげた。さすがの老僧も顔色を変え、

「遅かったか！」

しかし、腐乱坊はにんまりと笑った。その右手には、しっかりと矢がつかまれていた。

「やはり、入り口から飛んでまいりました。上人さま、これはいったい……」

そのとき、

「おおい……おおい……刻限過ぎだべ……太助ええ」

「生きでいるがあ……太助えええ」

「今行ぐす」

遠くから何人もの声が重なりあって聞こえてくる。やがて、宮司を先頭にして、村人たちがやってきた。村人のひとりが叫んだ。

「おおっ、太助は無事だ。太助に罪はないす」

「よかったのう、太助！」

村人たちは躍りあがっている。志乃は、喜びのあまりその場にしゃがみこんでおいおいと泣きだした。彼らのなかでただひとり、神主だけが呆然として無傷の太助を見つめたまま佇立《ちょりつ》していた。

「宮司さま、太助のいましめを解いていいがっす」

「む……そ、そうじゃな」

そう言いながら、神主の目はきょろきょろと動いている。

「宮司どの……なにかをお探しかな」

岩陰から、のっそりと巨体が現れた。腐乱坊だ。

「もしかしたら、これでござるかな」

腐乱坊は矢を突きだした。神主は、ハッとしたようだが、すぐに素知らぬ風をよそおい、

「貴様、きのうの坊主だな。神域でなにをしておる。神罰たちまちくだるぞよ」

「神罰がくだるのはおまえのほうだ。この矢は、たった今、洞窟の入り口のほうから飛来した。――おまえが射たのだろう」

「わしが……？　はははははは、なにを馬鹿なことを。いくら弓の名手でも、洞窟の外からここまで矢を射かけることができようか。よしんばできたとしても、これまで射殺されたものどもの矢は、祠側から刺さっていたことを忘れたか」

ぐっと詰まった腐乱坊にかわって、その後ろからちょこちょこと現れたのは、こどものように小さい老僧だ。

「洞窟の外からここまで矢を射ることができぬと申すか。まっすぐな洞窟じゃ。左右に燭台を置いて狙いをつけやすくすれば、そのあいだを射抜くぐらい、おまえさんならたやすかったじゃろ。的は縛られて、動けぬでな」

「な、なにを言う」

「おまえさん、もとは侍じゃな。弓の腕はかなりのもんじゃ。道雪流《どうせつりゅう》と見たがひがめか。道雪流ならば、堂射《どうしゃ》の腕前も相当であろうのう」

宮司は顔面を紅潮させた。

「堂射ってなんですのん」

彦七が小声で腐乱坊にきいた。

「三十三間堂の通し矢のことだ。京の蓮華王院《れんげおういん》で、六十間ほどもある軒下を南から北へと矢を射通す。六十間を通す力量があれば、この洞窟を射通すごときは易かろう」

「はっはあ……なるほど」

老僧は笑みを崩さぬが、その目は矢よりも鋭かった。

「おまえさんは黄昏《たそがれ》どきの薄暗がりに混じって、だれにも見られぬように外から矢を射て、縛られたものを殺したのじゃろう」

「矢は、祠側から射られていた。それを忘れるな」

「カッカッカッカッ……おまえさん、毎度、まっ先に駆けつけて、おのれの身体でうしろのものの目をさえぎりながら、鏃《やじり》と矢羽根を付け替えた。ただそれだけのことじゃ。そもそも、洞窟の外から矢を射通すことができる、とはだれも思わぬうえ、祠を洞窟の一番奥に置いて、そこから神が射たのだと言い張れば、皆、信じてしまう。うまいことを考えたのう」

「………」

「おまえさん、毎年、飢饉の救済米をこっそり横流ししておったが、今年はバレそうになったので、あわてて弓起請をやった。これはわしの推量じゃが、それに気づいた吾作がおまえさんを脅しておったのではないかな。口封じの意味もこめて、おまえさんは吾作を庄屋のところに呼びだし、わざと捕まえさせた。太助は、そのとばっちりを食うた、というところじゃろう」

　宮司は村人たちに向き直り、

「おまえたち、このずんぼろ坊主どもと神に仕えるこのわしと、どちらを信じるのじゃ。わしを信ぜぬものには岩屋八幡さまの祟りがあるぞよ！」

　村人たちはひそひそとなにやら話し合っている。

「そういえば、吾作はあれだけ借財があったんだげんと、近頃急に金回りがよくなった」

「宮司さまのところに吾作が、よぐ出入りしていだんだけなっす」

「金の成る木を見つけたとうそぶいていだけっす」

「こりゃあ、宮司さまが分が悪いかも……」

「き、貴様らあ、わしを信じぬというか！」

　神主が笏を振りあげたとき、

「宮司さま、もうあきらめたほうがいがんべなっす」

　みなが声のしたほうを見た。志乃が叫んだ。

「おっ父！」

　庄屋とおぼしき、身なりのいい人物が近づいてきて、

「なんもかんもバレているんだず。こちらのお坊《っ》さまから手紙をもらってなれ、さっそ

くおまえの家を家捜しさせてもらったんだけっす。したれば、これが出てきたんだけなあ……」

庄屋が差しだしたのは、数張りの立派な弓と根矢《ねや》だった。

「まだまだすこだまあったけなっし。神さまにお仕えする神職が、なしてこげな弓をたなっでいんなだず（持っていたのか）」

宮司は、しばらく野獣のように唸《うな》っていたが、

「もはやこれまでか！」

そう言い放つと、脇差しを抜き、老僧に突進した。

「慮外《りよがい》もの！」

老僧は燕《つばめ》のような身軽さでその一刀をよけると、持っていた傘を開いた。あちこち破れたボロ傘だが、そこには、

大一大万大吉

という奇妙な紋所が墨痕淋漓《ぼっこんりんり》と記されていた。不意をつかれてあわてた宮司は、身をひるがえし、今度は志乃を抱えるようにして、その喉に切っ先を突きつけた。

「おれの娘になにをすんなだず！」

庄屋の悲鳴に応えず、宮司は老僧に向かって、

「坊主、貴様の言うたとおり、わしは侍の出じゃ。京で、細川家に弓をもって仕えておったが、盤のうえのいさかいから同役を斬り、逐電して米沢へ参った。神の祟りといえば、馬鹿な百姓はすぐにたぶらかせたが……貴様、なにものだ。ただの雲水ではないな」

老僧は悲しげにかぶりを振ると、

「腐乱坊……やっておしまいなさい」

腐乱坊は、のそり、のそりと宮司に歩み寄る。

「く、く、来るな。この娘がどうなってもいいのか」

巨体の坊主は、樫の木でできた荒削りの太い杖を振りかざし、

「南無……」

コーン！　という甲高い音とともに、脳天を叩かれた宮司は白目を剝《む》き、泡を噴いて横倒しに倒れた。

◇

「それでは参りましょうかな」

翌朝、村人たち総出の手篤《てあつ》い見送りを受けながら、老僧は腐乱坊、彦七とともに村を

出立《しゅったつ》した。その一刻《いっとき》ほどのち、月代《さかやき》を長く伸ばし、茶筅髷《ちゃせんまげ》を結った、長身の武士を先頭に、数名の侍が血相変えて現れた。長身の武士は、右目に眼帯をしている。

「ここに、僧形をした地蔵のように小柄な老人と、熊のような巨軀《きょく》の男がおるであろう。そやつらをすぐに出せ」

庄屋はかぶりを振り、

「一刻ほどまえに旅立たれたんだず」

「な、なに……！」

武士は振り返ると、蟹のような四角い顔の男をはじめ、侍たちをつぎつぎと拳固で殴りつけた。侍たちは皆、地面にはいつくばった。

「貴様らの報《しら》せが遅いゆえ、取り逃がしてしもうたわ！」

長身の武士は蟹顔の男に唾を吐きかけた。庄屋がおずおずと、

「あのお……あのおかた、なにかやらかしたんだべが。おれたちにとってなっし、神さまのような恩人だったべず。ほれ、これを見てけらっしぇい」

そう言って指さしたところには、荒縄でぐるぐる巻きに縛られた神主の姿があった。その顔に、面のように貼りつけられた一枚の紙には、

柳生三厳《みつよし》殿

このもの村民をたぶらかし救済米横領し罪なきもの殺害したる咎軽《とが》からず。きっと仕置きいたすべし。

茶坊主

とあった。眼帯の武士はきりきりと唇を嚙《か》むと、庄屋の胸ぐらをつかみ、

「どちらへ向かった」

「えーと、東のほうだべ」

「まだ、遠くへは行くまい。追え、追え！」

蟹顔の侍たちが、あわてふためいて走りだした。眼帯の武士はため息をつき、

「あの御仁が生きておるとわかれば、ふたたび戦乱の世に逆戻りじゃ。それだけはなんとしてもさけねばならぬ……」

吐き捨てるようにそうつぶやくと、刀の柄《つか》に手をかけて駆けだした。その背中を見ながら、庄屋がぺろりと舌を出したことに、さすがの将軍家指南役の御曹司も気づきはしなかった。

第二話

茶坊主の童心

1

ぽつり、ぽつりと足もとに斑《まだら》の染みをつけていた滴《しずく》が、しだいに大きくなり、ついには驟雨《しゅうう》となって街道を黒く染めだした。鳥居本宿《とりいもとじゅく》で中山道《なかせんどう》から朝鮮人街道に入り、しばらく進んだあたりで、男は足をとめ、被《かぶ》っていた菅笠《すげがさ》の縁に指をかけた。くたびれた裁着袴《たつつけばかま》に汗の染みた打裂《ぶつさき》羽織という旅装束の武士である。旅慣れた浪人体《てい》を装ってはいるが、見るものが見れば、腰の大小のこしらえから身分のある侍と推測できるだろう。広い肩幅やたくましい腕、武張《ぶば》った見かけなどから、おそらくは名のある武芸者と思われた。

（あれが、佐和山《さわやま》城《じょう》の跡か……）

膜を張ったような雨の向こうにかすかに透けて見える濃い緑の塊が、佐和山である。かつて、佐和山城は石田三成の居城であった。美濃《みの》関ケ原における天下分け目の戦いに敗れた三成が、近江国《おうみのくに》古橋に潜んでいたところを捕縛され、京都六条河原で処刑されたあと、佐和山城を拝領したのは井伊直政《いいなおまさ》である。三成は、「万民が一人に、一人が万民に尽くせば泰平となる」という「大一大万大吉」の精神に基づいて領地に善政を敷いていたため、領民は井伊家に従わなかった。井伊直政は、この地に染みついた三成の「影」を消し去るため、五層の天守閣と五つの曲輪《くるわ》があったという佐和山城を微塵《みじん》に壊し、あらたな築城を企てたが、その着工を待たずして死去、跡を襲った井伊直継《なおつぐ》の代に至り、ようよう彦根城が完成したのである。その彦根城は、佐和山の西にある。壮麗な三重の天守を見せびらかすように峨々《がが》とそびえている。

「人の世のならいとは申せ、哀れなものじゃ」

武家は、そうつぶやいた。井伊直継は、佐和山城を完膚なきまでに破壊したので、残されたものはごくわずかな石垣のみである。武家の立っている場所からでは、その跡は判別がつかぬ。関ケ原の合戦ののち、主《あるじ》不在の佐和山城に押し寄せた東軍は本丸に火を放った。燃えさかる天守のなかで三成の妻たちは自害し、大勢の侍女が崖から投身して谷が死体で満ちたという。

「大勢の手をかけ、莫大な金子《きんす》を費やして作りたる城を、時を置かず、大勢の手をかけ、莫大な金子を費やして取り壊すとは……益なきことよのう……」

雨足がひどくなってきたので、武家は柿の巨木の下で袖をしぼりながら、ふたたび城址《じょうし》を眺めやった。

（彼奴《きやつ》は来る……かならず、ここに来るはずだ。おのれが半生かけて守ったる国、おのれが本拠とした城址を今一度見ずにはおれまい。ことに佐和山城は、治部少に過ぎたるものが二つあり、島の左近と佐和山の城、と俗謡にまで歌われたる名城。かかる滅却はさぞかし口惜しかろう……）

柳生十兵衛三厳《みつよし》は、笠の下でぎらりと左目を光らせた。当年とって三十歳の男盛りである。将軍家指南役柳生但馬守宗矩《たじまのかみむねのり》の嫡男として生まれ、剣の腕は父親を凌駕《りようが》する麒麟児《きりんじ》と噂《うわさ》されるほどであったが、十二歳で将軍家光の小姓として出仕したものの、十九歳のとき、「勘気をこうむって」致仕した。しかし、それは表向きであり、実際には家光の密命を受けて諸国を遍歴し、徳川に弓引く心がある大名を譜代・外様《とざま》の別なく探っていたのだ。今年のはじめ、長きにわたる隠密《おんみつ》暮らしを終えた十兵衛が、ふたたび出仕するつもりでご機嫌うかがいに登城したときのことである。

「十兵衛……大儀」

彼が呼ばれたのは、本丸御殿表の謁見の間ではなく、中奥にある御湯殿に隣接した「御上がり場」であった。将軍が入浴する際、刀を外し、衣服を脱ぐための小部屋である。かつて小姓として家光の側近くに仕えていた十兵衛は、ここに出入りした記憶もあるが、その後は足を踏み入れたことはない。いぶかしく思いながらも、十兵衛は家光に拝謁した。

「十年にわたる長旅、ご苦労であった。そのほうの働きにより、余に二心ある大名はおおかた知れた。礼を言うぞ」

「徳川家盤石の御《おん》ために力尽くしてござりまする」

「このあとは、柳生の里へ戻るのか」

「まずは、江戸屋敷に参り、父と対面したうえで、大和《やまと》の正木坂道場におもむき、しばらくは剣術の工夫に没入したき所存にござりまする」

「さようか。それはよい。それはよいが……」

家光は目を細め、声を低めると、

「そのまえに、余のためにもう一働きしてもらえぬか」

「一働きと申されまするると」

家光が顎をしゃくると、小姓と小納戸役は一礼して部屋を出ていった。人払いだ。

「近《ちこ》う寄れ」

十兵衛がにじり寄ると、

「そちにしか頼めぬことじゃ」

諸大名の動静を探れ、と命じられたときも、そう言われた。

「なにごとでござります」

家光は一段と声を落とし、

「治部が……生きておる」

「治部……？　石田三成でござりまするか」

家光ははっきりとうなずいた。

「それは、義経が蝦夷《えぞ》に逃れた、などといった、口さがない下衆《げす》どもの噂話、与太話の類でござろう」

「はじめは余もそう思うた。――なれど、どうやら真《まこと》のようじゃ」

「まさか……。近江国古橋村に隠れひそんでおる治部少殿のもとに、その顔を見知りたる同郷のものが遣わされ、本人であると確かめたうえで捕縛したと聞きおよんでおりまする。また、本多正純《ほんだまさずみ》殿の屋敷に身柄を預けられたおりも、福島正則《ふくしままさのり》殿はじめ数名が言葉をかわしておるはず……」

「どのような事情かは、今となってはわからぬが……ともかく治部は、旧知の佐竹義宣《さたけよしのぶ》を頼って、秋田に落ちのびた。義宣は一寺を建て、ひそやかに治部をかくまい、庇護《ひご》しておったが、四年まえに義宣が病没してのちは、そのことを知るものはだれもおらなんだ、と佐竹家の当主は申しておるが……嘘《うそ》か真かはわからぬのう」

「なにゆえ露見したのでござる」

「本多正純よ。専横のふるまいをとがめられて改易《かいえき》になり、長らく佐竹家に預けられておった正純が、今年病死いたしたが、死後、遺書が出てまいってな……六条河原で斬首したあと、なぜか治部の遺骸が見つからず、やむなく顔の似たる身代わりを急遽《きゅうきょ》殺して、その首を公儀に渡した、と告白してあった」

「なんと……」

「それだけではない。遺書には、治部を佐竹家領内の寺で見かけた、と書かれておったのじゃ。しばらく談義もしたゆえ、治部にまちがいなし、ともあった」

「六条河原に護送する道中で、すり替わったのでござりましょうか」

「そうとしか思えぬが……わからぬ。ともあれ、後難を怖れた佐竹家はあわててその遺書を届けてまいった。余はただちに、治部を召し捕るよう命じたが、間一髪、逃げられてしもうてな……」

「それを、それがしに……」

「ことは急を要する。しかも、秘密裏に運ばねばならぬ。天下に触れを出し、治部の捕縛を命ずることは易いが、それでは石田三成が存命である、と知らしめることになる。そちが調べてくれたように、徳川に弓引いて泰平の世をくつがえさんとする大名はまだまだ多い。治部が生きておるとわかれば、そういった連中の格好の旗印となる。豊臣の残党どもの結束もうながすであろう。よいか、治部の存命は世間に知られてはならぬ。あくまで、闇から闇へと葬りさらねばならぬのじゃ。それができるのは……そちだけじゃ」

十兵衛は一旦平伏し、ふたたび顔をあげると、

「治部殿は今どのあたりにおられると……」

「わからぬ」

「どのようなお身なりで、供のものはどれほどお連れかと……」

「わからぬ」

「どちらに向かっておられるかと……」

「わからぬ……わからぬが、余が案じおるは、彼奴が西海道《さいかいどう》を目指しておるのではないか、ということじゃ」

西海道とは、九州のことである。

「たしかに今、あの界隈《かいわい》には火種が多《おお》ございますな。長崎のあたりで、豊臣の残党が切《キリ》支丹《シタン》を煽動《せんどう》しておる、とも聞きまする」

家光はうなずき、

「薩摩《さつま》には、秀頼と淀《よど》の方が落ち延びており、再起の機会をうかがっておる、とまことしやかに言いふらすものもおる。余は、治部が西海道へ至り、豊臣の残党や不平不満の牢人《ろうにん》ども、切支丹、豊臣恩顧の外様大名などをまとめあげ、騒乱を画策することをもっとも危惧しておる。よしんばそうでなくとも、彼奴が生きている、と知れたるだけでも、世の中はそう動く」

「いかさま」

「十兵衛三厳に命ずる。治部を斬れ。奴《やつ》の存命も奴の死も世人に覚《さと》られるな」

「心得ました」

「此度《こたび》のこと、奉行所など公儀の手を借りることはあいならぬ。大名家の家臣のうち、信頼のおけるものを選んで次第を打ち明け、手伝わせよ」

「……………」

「行け」

十兵衛は無言で立ちあがると、中奥を出た。その心には、役目の重みが算盤《そろばん》責めの重《おも》石《し》のようにのしかかっていた。

◇

米沢で、あとすこしというところで取り逃がして以来、「茶坊主とその連れ」の消息は杳《よう》として知れなかった。時折、「そのような三人連れを見かけた」という報《しら》せがもたらされるが、駆けつけてみると、出立《しゅったつ》したあとだったり、ガセだったりして、その尻尾を捉えることができないでいた。十兵衛は考えを改めることにした。追いかけようとするから逃げられるのだ。茶坊主一行が訪れそうな場所に先回りすればよい。そして、彼の思いついた「訪れそうな場所」こそ、ここ近江国なのである。もちろん十兵衛ひとりでは、すべての道筋を押さえることはできぬ。すでに、井伊家には文《ふみ》を送り、街道だけでなく、抜け道や脇道、裏街道までも人数を出し、見張りをするよう指図してある。数日まえから、近江に通じるあらゆる道が、それと気づかれぬように封じられているはずであった。

(あれも役人だな。あれも、そうか)

雨があがってからふたたび歩きだした十兵衛が目を配ると、茶店の床机《しょうぎ》に腰かけて茶を喫している商人と、荷駄をつけた馬をひいている馬子《まご》が、井伊家のものとわかった。もちろん、本人は役人臭を消しているつもりだろうが、背の伸ばしかた、歩きかたなど、明らかに侍である。ほほえましく彼らの様子をうかがいながら、十兵衛はうなずき、

(これなら、天網恢々疎《てんもうかいかいそ》にして漏らさぬであろう……)

しばらく進むと、彦根城の天守が見えてきた。その西側は琵琶湖《びわこ》に面している。雨あがりの湖面を、涼風が吹きすぎ、十兵衛の頬を撫《な》でた。広い湖を、多くの船が走っている。大小さまざまの丸子船《まるこぶね》だ。ほとんどは荷物を運んでいるが、なかには旅人を乗せているものもある……。

(まさか……)

嫌な胸騒ぎがした。十兵衛は、その胸騒ぎを抱いたまま、彦根城へと急いだ。

◇

「貴殿らは馬鹿か！」

思わず罵声が口から出た。

「ば、馬鹿とは雑言《ぞうごん》でござろう。取り消されよ」

西の丸の執務部屋で十兵衛と対面していた筆頭家老木俣《きまた》某《なにがし》は、自分よりはるかに若い武芸者の言葉に目を剝《む》いた。後ろに控える家臣たちの手前もある。

「馬鹿だから馬鹿と申したのだ。肝心の船着き場に手配りせぬとは……桶《おけ》の底が抜けて水がだだ漏れになっているも同然ではないか」

「左様申されるが、われらが受けたる指図は、人数を出して道々をかため、背の低い坊主とその連れの通行を見張るべし、というものでござる。船までは聞いておらなんだゆえ……」

「だから馬鹿だと申すのだ。水路と申すごとく、船を使うも道であろう。ましてや近江国は湖上の往来がもっぱらと聞く。少し考えれば、小児でもわかることではないか」

「われらは、その坊主どもがなにものであるかすら聞かされておらぬ。貴人か咎人《とがにん》かも知らぬ。力ずくで捕縛してよいのか、礼を尽くして足をとめていただくのかわからぬでは、応対のしようもないではないか」

「ほほう……近江武士は戦場での働きはともかくも、頭の働きはさっぱりのようだな」

「無礼な！　いくら柳生の御曹司とは申せ、手は見せぬぞ！」

家老は片膝を立て、刀の柄《つか》に指をかけた。さっきから眼前の隻眼《せきがん》武者に憎悪の視線を向けていた家臣たちも、一斉に鯉口《こいぐち》を切らんとした。

「おもしろし。——やってみるか」

十兵衛はにやりと笑いながら、座ったまま、左手で着物の裾を払った。そのしぐさを見た瞬間、家老の全身に戦慄が走った。脳天から足先まで、ぞわぞわと虫が這《は》いのぼるようなしびれが覆っている。それが、恐怖によるものだとわかったとき、家老は柄巻からゆっくりと指を放し、

「——失言でござった。お許しくだされ」

「当方はひとり、そちらは十名にまさる数ではないか。この三厳を押し包んで討てば、万に一つの仕損じもあるまい」

家臣たちは、この挑発に対して家老がなにを言うかと、じっと耳をそばだてている。しばらくして、家老は笑いながら、

「いや……いやいやいや、滅相もござらぬ。なにもかも、われらに非あり」

十兵衛は鼻で笑い、

「井伊の赤備《あかぞな》えなどというが、まことは腰抜けの集まりか」

赤備えというのは、赤い軍装を身につけた井伊家の勇猛な軍勢のことである。家老は平蜘蛛《ひらぐも》のように平伏した。

「上さまには、よしなにおとりなしを……」

十兵衛は長居無用とばかりにその場をあとにした。筆頭家老のまわりに家臣たちが集まり、

「御家老……なにゆえ、かかる暴言を聞き過ごしになされたか」

「わが赤備えを腰抜けの集まりとまで嘲《あざけ》られ、だまって帰すとは承服しがたい」

「みどもは許せぬ。御家老がなにもなさらぬおつもりなら、一人《いちにん》にても彼奴を……」

「柳生がなんぞや。たかの知れたる剣術使い。十兵衛とても鬼神ではあるまい。弓・鉄砲を使えば……」

家老は、身体中《からだじゅう》の息を糸のように細く吐きだすと、

「そのほうらの申すことはようわかる。わしとて、腹中が煮える思いじゃ。なれど……彼奴の父柳生但馬守はただの剣法指南役ではないぞ。上さまの目であり、耳でもある。今、柳生を敵に回すわけにはいかぬ。なんとなれば……井伊家は譜代の筆頭だからじゃ」

その言葉に家臣たちはうなだれるしかなかった。

2

「こういう小さい船での旅ゆうのも、たまにはええもんやな。わいも大船には乗り慣れとるが、大きな荷船のあいだをすーいすーいと、アメンボみたいにくぐり抜けるのは、なかなかおもろかったわ」

岸についた丸子船から真っ先に飛び降りた彦七が、腰の砂を手で払いながらそう言った。腐乱坊は、老僧に手を貸して小舟からおろしたあと、船頭に駄賃を渡しながら、

「湖上でにわか雨に会《お》うて、船が沈む、助けてくれと悲鳴をあげていたのはだれだ」

「あれはまあ、その……ちょっとした座興やがな」

彦七は頭を掻《か》いて、すたすたと先頭に立った。そのややうしろを老僧とならんで歩きながら、腐乱坊は言った。

「たしかに丸子船は便利でござりまするな。かくも早《はよ》う大津に着こうとは」

老僧は杖《つえ》がわりの唐傘の先で地面を突くと、今渡ってきた湖水を振り返って、

「見よ、腐乱坊。ここから見ると、まるで木の葉じゃ。およそ千艘《そう》と聞くぞ。わしらがいたころとは大違いの繁盛ぶりだわい」

「それにしても、上人さま……」

大男はいっそう声をひそめ、

「これでよろしかったのでござるか」

「なにがじゃ」

「佐和山のお城でござる。陸路を行けば、立ち寄ることもでき、懐かしきひとときを過ごせたものを……」

「ははははは、よいよい。船から山がちらと見えたぞ。それで十分じゃ」

「先代の直政が早死にしたるを、井伊家の阿呆《あほう》どもは石田三成の祟《たた》りだなんぞと抜かし、佐和山の城を跡形なきほどに潰してしもうた。なにが祟りぞ。現に、三成公は……」

「しっ。声が高い。盗った盗られた、襲った襲われた、殺した殺されたの日々は、すでに昔じゃ。この泰平の世に、城など不要ではないか。あのころは、ひとがひとを殺《あや》めることに慣れすぎて、あたりまえのように思うておった。怖ろしいことではないか」

「御意……」

「それに、柳生の小倅《こせがれ》のことじゃ、わしらが佐和山に立ち寄るであろうと網を張っておるにちがいない。君子危うきに近寄らず、と申すぞ」

　そう言うと、老僧は大口をあけて、カッカッカッカッと笑った。

「このまま京を抜けて、大坂に参りまするか」

「そうさな……大坂は剣呑《けんのん》じゃ。われらの向かうは西の果て。寄り道しているひまはないぞ」

腐乱坊は残念そうに、

「さようでござるか。それがしは久方ぶりにたずねてみとうござったが……」

「剣呑、剣呑。カッカッカッカッカッ……」

老僧は、腐乱坊の感傷など吹き飛ばすような高笑いとともに、矍鑠《かくしゃく》とした早足で東海道を進んでいく。腐乱坊はため息をつくと、小柄な僧を追った。

◇

「さすが、東海道一の宿場やなあ。えらいにぎわいや」

大津の街中に入ると、活気と喧噪《けんそう》が一気に増した。もともと三井寺《みいでら》の門前町であったが、今は幕府の天領として大津代官が置かれている。北国《ほっこく》街道と東海道がわかれるあたりは、札《ふだ》の辻《つじ》と呼ばれ、本陣、脇本陣をはじめ多くの旅籠《はたご》や、名産品を売る店、飲食店、酒屋、両替屋、油屋などが建ち並ぶ繁華な通りである。また、大津の港には各大名家の米倉やそれを商う米問屋がひしめいていた。町の数は全部合わせると百もあり、それらを七つにわけて「七町組」と称していたという。

「驚きましたな。まるで京大坂、いや、江戸と見まがうばかりだ」

腐乱坊も目を見張った。

「それも道理じゃ。聞けば、この宿場だけで一万五千人ほどが住む、というぞ。それに旅人をくわえれば、とてつもない人数となろうぞ」

言いながら、老僧も感心したように通りのあちこちを見回している。

「旅籠も多いさかい、目移りするわ。どちらに草鞋《わらじ》を脱ぎまひょか」

老僧は笑みを浮かべ、

「そう急《せ》かずともよい。着いたばかりじゃ。——あれに煮売り茶屋がある。あそこで一杯飲《や》りながら、今後について談義しようではないか」

「そらよろし！　ちょうど、腹がくうくう鳴ってたとこや！」

彦七はそう叫びざま、掘っ立て小屋に毛の生えたような小さな店に突入していった。

当時、江戸市中にはまだ煮売り屋はなく、参勤交代制のはじまりによって、往来の旅人の便宜のために街道筋や宿場、渡船場や峠などにぽちぽち現れたころである。豆や野菜の煮染《にし》めを売る惣菜《そうざい》店もあれば、酒やちょっとした肴《さかな》をひさぐ、後年の居酒屋のような店もあった。

「邪魔するで」

「よう、おいんなあ」

主らしき、禿頭《とくとう》の男が頭を下げた。三人は、土間に板を敷いただけの席に座ると、

「なにができるんや」

「そやなあ、菜っ葉の炊いたん、豆腐の炊いたん、豆の炊いたん、コンニャクの炊いたん、おからの炊いたん……」

「炊いたんばっかりやないか。ほかに、なんぞないか」

「ほか、言われても……。あ、そや、叩《たた》きごぼう、ナマズのつけ焼き、鮒《ふな》の酢味噌に身欠きニシンもあるで」

「ごんぼは屁《へ》が出るさかいなあ……。ほな、鮒とニシンもらおか」

腐乱坊が目を剝き、

「われらは出家ぞ。生臭《なまぐさ》は食わぬ。――ご亭主、豆腐とコンニャクをくれ。あと、酒もな」

「酒は飲むんかい。なにが出家や」

三人が酒肴《しゅこう》が整うのを待っていると、奥のほうから声がした。

「酒はない、だと？　嘘を申せ。あちらの客の注文はきいておったではないか」

「ない、て言うたわけやおへん。三島さん、あんた、飲み過ぎやし、もう、やめときて言うてまんのや。身体に毒でっせ」

「やかましいわ。いくら飲もうと拙者の勝手だ。――もう一本、いや、もう二本持ってこい」

「昼間からそないに酔うて……山田先生に叱られまっせ」

「貴様に言われる筋合いはない。あんな腰抜け……なにが先生だ。酒を持ってこいと言ったら持ってこい」

「うちは商売ですよって、なんぼでも飲んでいただきますけど、ほかのお客さんもいてはりますよって……」

「なに？　拙者がほかの客に迷惑をかけておると申すか。そりゃいかん。どの客だ。どの客に迷惑をかけておる。じきじきに謝ってやる」

「そやないんです。三島さんがそこで大声出してはると、旅のおかたが怖がって、入ってきまへんのや」

「ならば、拙者が呼び込みをしてやろう。おーい、この茶屋は、ろくなものを出さぬぞ。酒は高いうえ、水を混ぜておる。煮染めはしょう油をけちっておる」

「や、やめとくなはれ。洒落《しやれ》にならんがな」

「酒だ、酒だ。持ってこぬなら、こちらから取りにまいるぞ」

　建具の向こうから、二十歳前後のまだ若い侍が立ちあがった。顔は熟柿《じゆくし》のごとく真っ赤で、目も血走っている。よろり……よろりと、千鳥足で通路をこちらに向かって歩いてくる。途中、なにかにつまずいたのか、大きく上体をそらせ、老僧たちのすぐ横の衝《つい》立《たて》にすがりつき、頬をふくらませて「ふうーっ」と熱い息を吐いた。

「へべれけやがな」

彦七が小声で言ったのが聞こえたらしく、

「なんだと、町人。拙者のことをへべれけだと抜かしたな。無礼なやつ……そこに直れ」

今にも刀を抜かんばかりである。泥酔しているので、勢いにまかせて本当に抜くかもしれない。そう危惧した腐乱坊が若侍に頭を下げ、

「連れのものの御無礼の段、まことに申しわけございませぬ。下衆の粗相ゆえなにとぞ御勘弁いただきたく……」

「ほほう……貴様、坊主のくせに拙者と立ちあうと申すか。ふふふん、まったくもって剛胆なやつ。おもしろい……山田道場一の使い手、この三島半四郎に見事一太刀でも浴びせることができたらほめてつかわす。――いざ、参れ」

「なにをおっしゃいます。当方はただただ連れの粗相を謝りたいだけにて……」

「逃げる気か。ならば、拙者からゆくぞ」

「われら僧籍に身を置くもの。お武家さまと申しあいをするなど、とんでもない話で……」

言いながら、腐乱坊は老僧をちらと見た。老僧は笑顔でうなずき、

「かかる酔いたんぼうを放っておかば、諸人の迷惑。おまえの好きなように、どうにでも料理してやりなさい」

「心得ました」

「なにをごちゃごちゃ申しておる。問答無用じゃ！」

三島半四郎と名乗ったその侍が抜き打ちに斬りかかってきたのを、腐乱坊はひょいと肩をすくめるようにして外し、その利き腕をとって、軽く投げた。若侍の身体は荷物かなにかのように荷売り茶屋の外にすっ飛んでいった。背中を地面にしたたか叩きつけられたが、酔っているので痛みをさまで感じぬのか、半四郎は刀を杖がわりにして起きあがると、

「ちょ、猪口才《ちょこざい》なる鉢《はっち》坊主め……！」

剣を槍《やり》のように構えて突進してくるところを、腐乱坊はかたわらに落ちていた火吹き竹ではねあげざま、小手を発止《はっし》と打った。三島半四郎はがらりと刀を落とし、拾おうとして前のめりになった。がらあきの後頭部を後ろから腐乱坊が火吹き竹で叩くと、無様に道に顔面を埋めた。

「まだ、やりますか。こちらは酔いが醒《さ》めるまでお待ちいたしまするぞ」

腐乱坊がそう声をかけたが、半四郎はその姿勢のまま動かない。気絶しているのか、と近寄ると、声を殺して泣いているのだ。

「へへへへ、弱っちい侍やなあ。これが道場一の使い手やったら、どえらいへなちょこ道場や。道場主の顔が見たいわ」

若侍は涙と土でぐじゃぐじゃになった顔をあげ、

「山田先生の悪口を言うなあああっ。拙者が……拙者が悪いのだ。ああ、たしかに拙者は弱くてへなちょこだ。だから……だから、お奈美殿のお役にもたてぬのだ。あああ……あああああ」

「なんや、色恋沙汰のあげくの自棄酒《やけざけ》かいな。しょうもなー。世の中が泰平になってから、こういうへたれな侍が増えてきたで。だいたい、侍ちゅうもんはやな……」

「もう、よい」

老僧は、まだなにか言いたげな彦七を制して、

「お若い衆、なにやら仔細《しさい》がありそうじゃな。よかったら、わしに話してみんか」

「な、なにを言う。貴様らごときに拙者の気持ちが……」

「喝《かっ》ーっ！」

老僧は、持っていた唐傘で半四郎の肩を打った。若侍は雷に打たれたようにぴんと背筋を伸ばした。そして、道の真ん中に座ったまま、老僧をじっと見つめていたが、突然、べちゃっとひれ伏すと、

「御坊、もしや、あなたさまは名のある高僧ではござらぬか。いや、そうにちがいない。数々の御無礼、ひらに御容赦いただきたく……」

「なんの、ただのへげたれ坊主じゃ。おまえさんの抱えておる悩みを申してみい」

半四郎は懐紙で涙を拭いたあと、ちんと洟《はな》をかみ、

「それでは拙者の申しますることひととおり、お聞きなされてくださりませ」

3

三島半四郎は、天領である大津の大津代官に仕える武士である。一年ほどまえから、山田鬼伝斎《きでんさい》という武芸者の道場に通い、腕を磨いている。天領は軍勢を持たぬので、なにか騒動があった場合に陣屋を守るため、常平生《つねへいぜい》、武芸を鍛錬しておかねばならぬ。

「その鬼伝斎と申すは、何流かな」

「神妙賭身流でござる」

酔いも一度に醒めはてた様子の半四郎は、ふたたび煮売り茶屋に戻ると、老僧たちにいきさつを語りはじめた。

「聞いたことのない流派だのう」

「もともと神道流から出たもので、若きころ、山田先生が廻国《かいこく》修行中に熊に襲われ、身を捨てる覚悟で斬り込んだときに開眼し、神妙賭身流を打ち立てたと聞いております」

近頃、やたらと新しい流派が増えてきた。戦国のころは、野太刀をぶんぶん振りまわ

して、鎧《よろい》で身をかためた大勢の相手を力まかせにぶった斬るような荒っぽい剣術が主だったが、合戦がなくなると、鎧をつけていないもの同士が技を競うという、一対一の勝負に変わってきた。それも、剣禅一如《いちにょ》だの不動心だの、腕前だけでなく精神の錬磨を重視し、稽古の方法も、実践よりは「型」を学ぶようになっていた。その「型」が流派によってさまざまで、逆にいうと、新しい「型」を思いつきさえすれば、新流を名乗ることができたのだ。

「山田先生は当年五十二歳になられますが、とてつもなく強いおかたで、一度、町のごろつき数人が匕首《あいくち》を抜いて襲いかかってきたおり、徒手のまま叩き伏せたのを見たことがござる。それだけでなく、まことにお優しく、拙者のような未熟不鍛錬なる若輩ものも懇切丁寧に教え導いてくださり、拙者は父のように慕っておりまする」

「その道場一の使い手ならば、おまえさんもかなりの腕前じゃな」

「と、とんでもない。あれは言葉の綾《あや》で……その……」

「わかっておる。腐乱坊にかくもたやすくあしらわれるようではのう……」

老僧がからかい口調で言うと、腐乱坊は若者をかばうように、

「太刀筋はようございました。――まじめに修行をしておるようでございます」

半四郎は頭を掻き、

「おまえはまじめだけが取り柄だ、と山田先生も申しておいでです」

「それがなぜに、酒を飲んで荒れておったのじゃ」

「それが……」

鬼伝斎の弟子は全部で二十名ほど。当地の武家の子息ばかりで、町人や百姓はいない。皆、通いの弟子であり、独身の鬼伝斎は道場に一人住まいをしている。道場といっても、この当時は庭や空き地などでの野外稽古が主であったため、立派な稽古場や宿泊設備を備えた道場はまれである。だから、住み込みの門弟が寝起きできる場所がないのだ。山田道場でも、素振りや型稽古、野試合などは隣接した空き地で行い、一対一の試合のみを室内の稽古場で行っていた。

ところがひと月ほどまえ、山田道場にひとりの娘が住み込むようになった。奈美というその娘は、山田鬼伝斎の縁戚のようでもあったが、鬼伝斎は多くを語らなかった。ただ、知人の娘であり、今日から掃除・洗濯、食事の支度などを手伝わせるから、と門人一同に告げただけだ。はじめ、半四郎たち門弟は奈美の存在を快く思わなかった。これまで、鬼伝斎の身の回りのことはすべて門弟たちの手で行っていた。早朝から掃除をし、師の下帯までも洗い、飯を炊き、汁やおかずを作る。家では家事などしたことがない彼らが、慣れぬ手つきではあるが心をこめて鬼伝斎の世話をしてきたのだ。それは修行の一環でもあったが、門弟たちの師への尊敬の念の現れでもあった。その特権を奪われたように思ったのだ。しかし、すぐにそういう気持ちは失《う》せた。

「なんでか、当ててみまひょか。そのお奈美ゆう娘はん、めっちゃベッピンですねやろ」

「いや、その……奈美殿はよく働き、何でも気がつき、手間を惜しまずかいがいしく勤めてくれるので、われらも感心して……」

「ほな、不細工でっか?」

「そ、そんなことはない。たしかに可憐《かれん》なかたで……」

顔を赤らめる半四郎に、彦七は追い打ちをかけるように、

「あんた、お奈美はんに惚《ほ》れてはりますな? 隠してもあかん。男があれほど酒びたりになる、ゆうのは女子《おなご》のことに決まっとる。うひひひひ……。あんたの悩みゆうのは、なんぼ恋文を送っても、お奈美はんがあんたになびかんという……」

「奈美殿は、そんな軽佻《けいちょう》なかたではない。失敬なことを申すな!」

「おお、怖。――ほな、なにを悩んではりまんねん」

「奈美殿は……奈美殿は、仇討《あだう》ちをする身なのでござる」

半四郎はしぼりだすように言った。

「ほほう……仇とな。なにゆえそれがわかったのじゃ」

ある夜、知音《ちいん》の家で碁に興じ、夜更けに道場のまえを通ったとき、矢来《やらい》で囲まれた空き地から剣戟《けんげき》の音が聞こえてきた。どうやら木剣と木剣が激しくぶつかりあっているよ

うだ。なにごとならん、と足音を殺して近づき、矢来の隙間からそっとのぞくと、そこには山田鬼伝斎と奈美が、汗みずくになって向かいあう姿があった。奈美は普段着のままだが、たすきを掛け、その表情はふだんとは別人のように厳しい。鬼伝斎も、門弟に稽古をつけるときよりもはるかに真剣な顔つきである。とても声を掛けられそうな空気ではない。唾を飲みくだしながら半四郎が息をひそめて見つめているうちに、ふたりはたがいに間を詰めていき、木剣の先端が触れあうかと見えた刹那《せつな》、

「ちぇえい！」

大きく跳びかかい、ほぼ同時に地におりた。

「まだまだ！　こんなことでは丸山久蔵にはとうてい勝てぬ。小児扱いされるだけであろう」

鬼伝斎が吠えた。悲鳴のようなその語調は、いつもの沈着な師とは思えぬ激しさだった。

「そのとおりです。父の……父の仇《かたき》を討たねば……」

ふたりはまたしても向き合った。

「いざ……」

「いざ！」

半四郎の目からも、奈美はそれなりに剣を心得ているように見えた。しかし、その構

えは独特で、これまでに半四郎が知るどの流派ともちがっていた。悪くいえば、剣術を知らぬがゆえのでたらめな構えとも受けとれた。

「さ、来られよ」

鬼伝斎がそう言うと、奈美は、

「ちゃああっ！」

深夜の冷気を裂くかのような気合いとともに、鋭い打ち込みを放った。それに誘われるように鬼伝斎の木剣も動いた。見ている半四郎の視界から、奈美の姿と鬼伝斎の持つ剣以外の一切が消えた。木剣がまるで蛇のように伸びて、奈美の頭頂を打ち割った……と思ったとき、半四郎は思わず、

「ああっ！」

と叫んでいた。鬼伝斎の剣は間一髪、奈美の髪に触れる直前でとまっていた。鬼伝斎と奈美が、半四郎のほうをちらと見、

「邪魔が入ったようだ。今宵はこれにて……」

ふたりは礼をしあうと、吸い込まれるように道場に消えていった。あとに残された半四郎は呆然《ぼうぜん》として、その場に立ちつくしていた。固く握った手を開いてみると、水のなかに突っ込んだような大汗をかいていた。

◇

翌日も、またその翌日も、奈美の様子は以前と変わらなかった。愛くるしい笑顔でいっしょうけんめいに掃除や洗濯をこなしている。ただ、日に日に腕の青痣《あおあざ》の数が増えていく。おそらく肩や腰、足などにも無数の痣や傷があるのだろう。それを思うと、半四郎は胸が張りさけそうになった。鬼伝斎も門弟たちに稽古をつける態度に変化はなかったが、気のせいか、どことなく上の空のようでもあった。以来、夜半に何度か道場をひそかに訪れたが、稽古場所を変えたのか、空き地にふたりの姿はなかった。

ある日、思いきって三島は廊下の拭き掃除をしていた奈美に言った。

「お奈美殿、拙者は信頼に足る男です」

「やぶからぼうに、なんのことですか」

「口も石のように堅く、秘密はぜったいに漏らしませぬ。ですから……拙者にだけは打ち明けていただきたい」

「――はあ?」

「お奈美殿は、仇を討たれる身でござろう」

「ちがいます」

即座に否定の言葉が返ってきた。

「だから、拙者を信頼してほしいと申しあげた。あの夜、拙者は見たのです。そして、聞いたのです。あなたは丸山久蔵とやらいう男を討つおつもりで、山田先生に剣を学ぶためにこの道場に来られた。そうでござろう？　お隠しあるな」

「隠してなどおりません」

「あなたがこの道場に来てから、もうひと月になる。あなたの日々の働きぶりに我ら門人一同、どれほど助けられたかわからぬ。だから……拙者は恩返しをしたいのだ」

「恩返し……？」

「いくら稽古を積んだとしても、女の細腕では仇討ちなどむりだ。返り討ちにあうか、よくて相打ち……拙者はあなたをそんな目に遭わせるわけにはいかぬのです」

「なにをおっしゃりたいのですか」

「拙者が助太刀をいたす。いかがでござろう」

　奈美はやや伏し目がちに、

「ありがとうございます。でも……遠慮いたします」

「なぜでござる。拙者はあなたの役に立ちたいのだ」

「失礼ながら、半四郎さま……丸山久蔵はあなたの腕では倒せませぬ」

「え……？」

「もう、このお話は二度となさいませぬよう」

そう言うと、奈美は雑巾をしぼりに行ってしまった。半四郎は、男として、また剣士としての誇りを傷つけられ、しばらくは立ち上がれなかった。

◇

その日の夕刻、一旦、帰宅した半四郎は、悩みに悩んだあげく、山田鬼伝斎が夕餉《ゆうげ》を終えたころを見計らってふたたび道場を訪れた。

「なにごとじゃ、半四郎」

「先生……先日の奈美殿との稽古のことでござる」

鬼伝斎は無言で顔をそむけた。半四郎は、がばと身体を伏せると、

「先生、お願いです。拙者に助太刀をお許しくだされ」

「無用じゃ」

「なれど……少しでも奈美殿の力になりたいのです。拙者は死んでも構いません。先生、なにとぞ……なにとぞそれがしに奈美殿の助太刀を……」

「たわけ！」

鬼伝斎は不機嫌きわまりない表情で、

「貴様はなにもわかっておらぬ。丸山久蔵は……そのほうが思うておるような剣士ではない。やつは……化けものじゃ」

「化けもの……？」

「やつの剣は人間ばなれしておる。邪剣、魔剣、妖剣じゃ。とうていそのほうの敵ではない」

「わかっております。たしかに拙者、まだまだ未熟。なれど、丸山久蔵に捨て身の一太刀をくれて、それで奈美殿が見事お父うえの仇を討てたなら本望でござる」

「言うたであろう、やつは化けものじゃ、と。そのほうが百人束になったとて、勝ち目はない」

「先生……先生は、拙者がそこまでなまくらだと……」

「よいか、半四郎。これは……それがしと奈美のあいだだけのこと。そのほうにはかかわりのないことがらじゃ。以後、けっして口にするな。そして、奈美にも近寄るな。よいな、かたがた申しつけておく」

「な、なれど……」

「師の申しつけが守れぬならば……破門じゃ」

鬼伝斎の目はその言葉が本気であることを物語っていた。半四郎は我知らず、涙をあふれさせていた。

◇

「情けない！　女子にも、尊師にも半人前扱いされ、拙者は……拙者はどうすることもできん。酒でも飲むよりほか、しかたがなかったのだ」

三島半四郎が涙ながらに語るのをしまいまで聞きおえ、老僧は言った。

「なるほど、だいたいの事情はわかったが……腐乱坊」

「はい」

「おまえさん、その丸山久蔵なる剣客を存知おるか」

「いや、初耳でござる」

「おまえさんが知らぬということは、さほど名のある武芸者ではないな」

「おそらくは……」

老僧は半四郎に向き直り、

「山田鬼伝斎なる御仁は、かなりの腕前と申したな」

「弟子の口から申すのも異なものでござるが、先生の腕は拙者が請け合いまする。大津では一番でござりましょう」

「もともと大津のおかたかな」

「いえ、南都《なんと》（奈良）の御出身にて、同地で長らく道場を営んでおられましたが、二年ばかりまえにこちらに参られたよしにござります」

「ふむ……鬼伝斎はたしかな剣客のようじゃ。その仁が、人間ばなれした化けものだと申すのだから、丸山久蔵、とてつもなく強いと考えねばならぬ……。おまえさん、この大津で久蔵なる剣客の噂を耳にしたことがあるかな」

半四郎はかぶりを振った。

「ふむ、それほど強い剣客ならば、剣名もおのずとあがるであろうに……。仇持ちであることをわきまえ、いずこへか潜伏しておるにちがいない」

「そ、それがでござる……」

半四郎は勢い込んで、

「彼奴の所在はわかっておりまする。拙者……立ち聞きをしてしまったのです」

「立ち聞きとな?」

「ある日、他出より戻ってこられた先生が奈美殿の部屋に駆けこみました。その様子がただならぬ体《てい》であったので、そっと隣室の襖《ふすま》越しに話を聴いておりますると……」

思ったとおりじゃ、やはり丸山久蔵は近江におったぞ、それもここから目と鼻の先、どこだと思われる、扇屋じゃ、扇屋におることをつきとめた……という言葉がはっきり聴き取れたのだという。

「先生も奈美殿も、普段はひそひそ話なれど、あのおりはつい、我を忘れて声が高くなったものと思われまする」

「扇屋というのは？」

「名高い米問屋でござる。大津の総年寄も務め、江戸開闢《かいびゃく》前より神君家康公と交誼《こうぎ》のある大商人にて、当地では知らぬものはござりませぬ」

「で、おまえさんはその扇屋に参り、久蔵がおるかどうかたしかめたのじゃな」

「いえ……それは……。拙者のように剣技至らぬものがうかつに訪問して、先生が『化けもの』とまで評した相手に奈美殿のことを覚られては一大事。悔やんでも悔やみきれぬことになりまするゆえ……」

老僧は腕組みして、なにやら考えこんでいたが、やがて半四郎に、

「おまえさんのお家はどこにありますかな」

「ここから一町も行ったところです」

「広いかな」

「は？」

「わしら三人が泊まれるほどに広いか、と申しておる」

「あ、それならば……拙者の父は大津代官所にて譜代の元締手付を務めておりまするゆえ、屋敷も広く、皆さまがたをお泊めするぐらいはたやすうござる」

「カッカカッカカッ……それは上々。では、やっかいになりますかな」

腐乱坊が血相を変え、

「上人さま、それはちと酔狂がすぎましょう」

「いかぬか」

腐乱坊は口を老僧の耳に押しあてるようにして、

「大津は天領。公儀の目も他家よりも光っておりまする。それに、柳生の小倅もおっつけ追いつくかと……」

「さもあらん。なれどよ……」

老僧は口が耳もとまで裂けんばかりににんまりと笑い、

「あの家康めも申しておるぞ。『人の一生は重荷を負うて遠き道を行くがごとし。急ぐべからず』とな。よいか、急ぐべからずじゃ」

老僧は、彦七を手招きすると、

「おまえに、ちと働いてもらおうか」

「なにをしまんのや。わいは、ただの彦七でっせ。おしゃべりするほかに能はおまへん」

「嘘を申せ。——おまえは扇屋におもむき、丸山久蔵なる剣士がおるかどうかたしかめてまいれ。たしかめるだけでよい。いらぬちょっかいを出してはならぬぞ」

「へえへえ、人使いの荒い爺《じい》さんやで。——片づいたら、三島はんのお屋敷に行きまっさかい、入れとくなはれや。こんなやつ知らん、て追い返したらあきまへんで」

彦七は、ふらりと煮売り茶屋を出ると、たちまち雑踏にまぎれてしまった。半四郎は目を丸くして、

「あの男はいったい……」

「ただの彦七じゃよ」

「な、なれど……ひとりで扇屋に行かせてよろしいのでござるか。その……丸山久蔵めに見つかったら……」

「心配無用。彼奴なら、めったなことはなかろう。——さて、わしはそのお奈美と申す娘の腕前のほうが気になる。そちらもたしかめてみねばならんな」

老僧は三島に、

「近々、道場主が留守の日はないかな」

「本日、先生は膳所《ぜぜ》のお城に出稽古に行っておいでのはずでござる」

「それは好都合」

老僧はうれしそうに言い、腐乱坊はため息をついた。

4

三島半四郎は、何食わぬ顔で道場へと戻った。

「稽古中にどこへ行っておったのだ」

朋輩《ほうばい》がとがめるのを、

「すまん。いささか所用ができてな」

「酒臭いぞ。所用と申すは、昼間からの宴席か」

「そう言うな。——先生は？」

「忘れたか。今日は膳所のお城に出稽古だ」

「わかっておる。われら門弟一同、先生の留守をしっかり守らねばならぬな」

「調子のいいことを申すな」

そのとき、玄関で声がした。

「頼もう……頼もう！」

耳が痛くなるほどの大音声《だいおんじょう》に、半四郎ともうひとりが取り次ぎに出た。立っていたのは六尺豊かな大男である。法体はしているものの、僧衣は破け、首筋や胸もとは垢《あか》だらけだ。樫の木とおぼしき太い杖をたずさえ、

「それがし、栃麵坊覚融《とちめんぼうかくゆう》と申す荒法師にござる。仏門にあれど武道を好み、一念発起して諸国武者修行中の身。御当家は神妙賭身流山田先生の道場とお見受けいたし、一手御教授をたまわらんとまかりこしたる次第。なにとぞ、先生にお取り次ぎくだされ」

「ただいま道場主は他出中にて、対面いたしかねまする。日をあらためて、お越しくだされ」

「ならば、お戻りまで待たせていただこう」

栃麺坊こと、腐乱坊は玄関先にどっかと座りこんだ。

「それは迷惑千万。本日はお引き取り願いたい」

「それがし、当道場の評判と先生の令名を聞きおよび、百里の道もいとわず昼夜をついで参上つかまつった。先生が留守ゆえ出直せと申されても、はいそうですかと従うわけにはいかぬ」

「と申されても、われらでは応対のしようがござらぬゆえ……」

「先生御不在ならば、御高弟のかたにお稽古をお願いいたそう」

「道場主のおらぬときに勝手はでき申さぬ。まことにお手数ではござろうが……」

「うっはっはっはっ。これはしたり。音に聞く山田道場の門弟は腰抜けばかりか！」

「な、なんと申される」

「そうではないか。剣法指南と看板を掲げておるうえは、いついかなるときにだれが来ようと指南すべきであろう。しかも、相手はそれがしのごとき、どこの馬の骨ともわからぬ坊主ひとりだというに、それに恐れをなして尻込みするとはのう。名高い道場と聞いたゆえ、さぞかし骨のある門弟衆も多数おらるるであろうと思うてはるばる参ったのに、道場主のほかは相手できぬとは笑止。あてがはずれたわい」

「むむ……栃麵坊とやら、雑言がすぎようぞ！」

半四郎が、ずいと前に出た。

「ほほう、おぬしは少々骨がありそうだのう。ならば、稽古してくれると申すか」

「いかにも、拙者がお相手つかまつらん」

「お、おい、三島……」

もうひとりが小声でとがめた。

「先生不在時に勝手をすると、あとで叱られるぞ。破門になってもいいのか」

「ずんぼろ坊主にここまで言われて、引き下がれるか」

「むむ……ならば、せめて先生の御帰館をお待ちして……」

「膳所に行かれたときは夜までお帰りがない。それまでこやつを待たせるというのか。それこそ先生の顔に泥を塗ることになる」

「おいおい、なにをもめておる。稽古してくれるのかくれぬのか。くれぬならば、剣法指南の看板も不用であろう。それがしがもろうていくぞ。それでもよいのだな」

今度は、もうひとりが激昂《げきこう》した。

「看板を持ち去られては、われら一同の恥辱。――よかろう、おあがりなされよ」

腐乱坊は、ふんと鼻を鳴らし、履きものを脱ぐと、樫の杖を弓手《ゆんで》につかみ、わざと荒々しく足を踏みならしながら板の間を歩き、稽古場へと乗り込んだ。目玉をぎょろつかせて、壁を背に座す並みいる門弟たちを睥睨《へいげい》すると、

「どいつもこいつも弱そうなやつばかりだのう。鰯《いわし》か雑魚《ざこ》同然の輩《やから》どもだ。ひとりふたりは面倒なり。束になってかかってきても相手つかまつろうぞ」

「なんだと！」

憤激して今にも飛びかかりそうな門弟たちを制して、年嵩《としかさ》の武士がすっくと立ち上がり、

「拙者は当道場の師範代を相務める相良《さがら》十郎太と申すもの。栃麺坊殿とやら、他流の道場に教授を乞うには、いささか傍若無人の振る舞いではないかな」

腐乱坊はカラカラと豪傑笑いして、

「いかにもそれがし傍若無人なり。なれど、いまだに負けるを知らぬゆえ、しかたないのだ」

師範代は気を呑まれたように口ごもりながら、

「まずは……横田、教えていただきなさい」

横田と呼ばれた屈強そうな男が、おう、と応えて、木剣に素振りをくれた。

「栃麺坊殿も、どれでも手頃なる得物《えもの》を取りなされ」

師範代が、壁に掛かった木剣を指さすと、

「なんの、それがしはこれでよい」

腐乱坊は杖をぐいとまえに出した。馬鹿にされたと思ったのか、横田という侍は、

「お見受けしたところ、かなり慢心しておいでのようじゃ。その高慢の鼻、へし折ってくれようぞ」

「おう、へし折れるものならへし折ってほしいものだわ」

「いざ」

「いざ」

勝負はまばたきするあいだについた。木剣が腐乱坊の杖に巻きとられて床に落ちたかと思うと、杖の先端が横田の鼻柱を強打していた。鼻血を垂らした横田は涙目で一礼し、懐紙で鼻梁《びりょう》を隠しながら引き下がった。横田という男は、この道場でもかなり高位の弟子だったらしく、門弟たちが動揺するのが見てとれた。

「つぎは、柳葉」

つづく門人も瞬殺だった。しんとして誰ひとり言葉もなく、道場の空気が重苦しく変わった。三人目をだれにするか、師範代が選びあぐねているのを見て、

「それがし、まだまだ食い足りぬ。おかわりがないようなら、相良殿じきじきに一手御教授いただきたい」

「う、うむ……わかった」

師範代は木剣を構えたが、すでに腰が引けている。

「ちぇえええいっ！」

掛け声だけはいさましく、相手は突貫してきた。二合《ごう》、三合と刀を交わすうちに、

「なんだ、そんなものか」

腐乱坊は飽きたような口調で言うと、

「では、参る」

杖をぶん、と振ると、あやまたずに師範代の脳天を直撃した。くわあん、というヤカンを叩いたような音がして、師範代は目を回して、その場に伸びてしまった。

「師範代がこのありさまでは、ほかは有象《うぞう》と無象《むぞう》ばかりであろう。看板はもろうていくぞ。悪く思うな」

ひとりが腐乱坊に向かって両手を合わせ、

「栃麺坊殿、われら門人一同、ここで切腹いたす。それに免じて、看板撤去の儀だけはひらに……ひらに……」

「おまえがたが腹を切ろうが切るまいが、そんなことは知らぬ。看板はわがものよ。それにしてもなんとも潰しがいのない、つまらぬ道場であった。まるで人なきがごとし！」

腐乱坊が銅鑼《どら》のような大声でそう言ったとき、

「お待ちください！」

叫んだのは、奈美だった。皆が唖然《あぜん》とするなかを進み出、たすき十字にあやなし、木剣ひと振りを手に取ると、

「先生留守中に看板を奪われたとあっては、道場を閉ざさねばなりませぬ。わたくしがお相手いたしましょう」

凛《りん》とした声音《こわね》だった。

「無茶だ」

「奈美殿、やめろ。殺されてしまうぞ」

「そうじゃ、われら一同でこやつを押し包んでしまえば……」

奈美は、きっとした目つきで皆をにらみ、

「なんという情けなきお言葉。先生がこの場にいらっしゃったら、さぞお嘆きでしょう。人なきがごとしとまで言われて、そのような卑怯《ひきょう》なふるまいに及べば、それはもう武士《もののふ》とは申せませぬ」

門弟たちは顔を赤らめて下を向いてしまった。

「女子《おなご》の分際で過分な口をきくものかな。諸国を経巡《へめぐ》り、猪を谷に蹴落とし、天狗《てんぐ》を引き裂き、虎を叩き潰してまいったこの栃麺坊の相手には不足なり。やめておけやめておけ。女子はおとなしゅう針裁縫でも習うておるがよい」

「あなたが勝つか、わたくしが勝つか、やってみなければわかりませぬ。あなどりの心は時として足もとに大きな穴をあけまするぞ」

「抜かしたな！」

「お待ちあれ。門弟でもないわたくしが、この稽古場にて試合をいたすことは許されませぬ。外の空き地にてお相手いたしましょう」

なにからなにまで理にかなっている。腐乱坊はすっかり感心した。

「よ、よかろう。表へ出よ」

ふたりは空き地で対峙《たいじ》した。門弟たちもぞろぞろと外に出てきた。刀を携えているものもいる。奈美が負けたら、真剣で斬ってかかろうというのだろう。しかし、奈美は周囲の動静に左右されることなく、おちついた態度で木剣を構えた。

（見たことのない構えだ。神妙賭身流は神道流から出たもの、と聞いたが、神道流とはまるでちがう……）

杖を振りかざした腐乱坊が内心、首をかしげていると、奈美はすり足でずるっ、と前進した。

（ううむ……）

腐乱坊は唸《うな》った。その木剣の切っ先から、おびただしい「気」が噴出している。殺意ではない。すぐれた剣士のみが発することのできる念のようなものだ。

（なかなかの腕だわ。ここの道場主によほど鍛えられたとみえる。なんの仇かわからぬが、本懐を遂げねばという思いがよほど強いのだろう。これならば、もしかしたら……）

そんな腐乱坊の内心を知ってか知らずか、

「いざ……！」

奈美はなおも前進する。

（数合打ちあえば、この娘の技量のほども知れよう。そのあとどうするか、だが……）

杖を投げだして、参ったと言えばよかろう、そうしよう……腐乱坊がそう思ったとき、

「それまでじゃ」

声がかかった。見ると、立派なこしらえの、五十がらみの武士が両手を広げている。

「せ、先生っ」

半四郎が叫んだ。

「今日はいつもより早う稽古が終わったゆえ、立ち戻ってみれば、これはなんの騒ぎぞ」

「そ、それが……」

事情を聞いて、山田鬼伝斎はうなずき、

「あいわかった。――栃麺坊殿、拙者が当道場の主、山田鬼伝斎でござる。試合お望み

とあらば、いかにもお相手いたそう。聞けば、門弟のなかに御貴殿に失礼を働く者がおったとか。また、わが代稽古を務める師範代はじめ、ひとりも御貴殿にかなわなんだというのも、すべてこのものどもの師たる鬼伝斎の日頃の教育の不行き届きでござる。平に御容赦くだされ」

「い、いや、さように丁寧なる挨拶ではいたみいる」

「なれど……御貴殿にも非あり。初対面の道場訪問の際は、道場主不在であれば出直すが礼儀。また、御貴殿が格上なれば、格下のものどもに教えるに教授のしようがござろう。未熟をあざ笑い、叩きすえるのが上位者のやりかたでござろうか」

奈美の腕を試さんがためにわざとやったこととはいえ、鬼伝斎の言葉はいちいちもっともだったので、腐乱坊の額にじっとりと汗がにじみはじめた。

「では、栃麵坊殿……いざ、参る」

道場主の構えは、たしかに神道流に源流を発するものであった。

(できる……)

腐乱坊は杖を前に置き、その場に平伏した。

「参りました!」

「なんと……?」

「山田先生のお腕前、愚僧のとうてい及ぶところではござらぬ。御門弟衆になしたる数々の御無礼、どうぞ御勘弁願いたい。今日のところはこれにて……御免！」

杖をひっつかみ、逃げるように道場を飛び出した。

◇

「ふむ……ふむ、つまるところ、奈美の技量は確かめられなんだ、ということじゃな」

「申しわけござらぬ。鬼伝斎が折悪しゅう戻ってまいりましたので……。なれど、向かいおうて構えあうだけでも、だいたいのところは見えまする。あの娘、しかとはわかりませぬが、なかなかの腕前かと……」

「よほど鬼伝斎の指導がよいとみえるな」

「いや……神道流とはまるで構えがちがいまするゆえ、もともとなんらかの流派の修行を積んでいたに相違ござらぬ」

このころ、女性で剣術や武術を身につけているものは珍しかった。武家に勤め、奥向きを警護する役目の侍女は、「別式女《べっしきめ》」などといって、薙刀《なぎなた》をはじめ、それなりの武芸を身につけていたが、それ以外ではほとんどいなかった。ただ、親を殺されて、仇討ちをなさねばならぬ武家の娘の場合は、ある程度の剣術を身につける必要があった。奈美も、そのような境遇ではないか、と腐乱坊は思ったのだ。

「奈美という娘の流派はわからぬのか」

「わかりませぬ。わかりませぬが……変わった構えゆえ、もしかすると武尊未曾有流《たけるみぞうりゅう》と申す流派かと……」

「武尊未曾有流か。わしも聞いたことはある。大和の農民某に日本武尊《やまとたけるのみこと》の神霊憑依《ひょうい》し、一夜のうちに完成をみた剣法とか」

「とにかく変わった構えをする流派とのみ耳にしておりまするゆえ、その見こみもあらんかと存じまする。創始者が不慮の死を遂げたあとは、伝授を受けた近隣のもの数名が細々と継承しているとやら……」

「むむ……武尊未曾有流の丸山久蔵か……なんとのう聞いたことのあるような……」

老僧はしばらく天井を見ていたが、

「カッカッカッ。この年になるとなにもかも忘れ果てておるわい。あとは、その久蔵という男の腕じゃが……」

老僧がそう言ったとき、廊下のほうから、

「長音上人さま、どちらですー。彦七でっせー。つらいつらいお役目を果たして、戻ってまいりましたでー」

腐乱坊は障子をあけ、

「静かにせぬか。ここは武家屋敷ぞ」

「せやかて、今さっき、このお屋敷に入ろうとしたら、門番にとがめられて、さんざんな目にあいましたんや。危なく、棒でぼこぼこにされるとこやった。あとで、彦七ちゅう、男前の若い衆が来るさかい、ていねいに招きいれなはれて、ちゃんと言うといてもらわんと……」

「そんなことはどうでもよい。首尾はどうであった」

「それが……」

彦七はその場にあぐらをかくと、

「丸山久蔵なんちゅうやつ、扇屋にはいてまへんで」

「本当か？　よく調べたのか。さぼっていたんじゃあるまいな」

「人聞きの悪いことを……。調べましたとも」

彦七の話によると、彼はまず、扇屋の表から出てきた丁稚《でっち》に声をかけた。お使いに行くところらしい、十歳ぐらいのその丁稚に小遣いをやって手なずけると、この家に用心棒として雇われている強い侍はいないか、ときいた。そんなひとはいません、との答えだったので、用心棒でなくても、侍はいないのか、元侍だったという奉公人でもいい、とたずねたが、それもいないという。じゃあ、丸山久蔵という名前の男はいないか、ときいてみると、しばらく考えてから、心当たりがない、という。しかたなく丁稚を放免し、今度は近所のものや出入りの商人をつかまえて、いろいろ詮索してみたが、扇屋には丸山久蔵らしき人間の影も形もないのだ。つぎに、道をきくふりをして店内に入り、三番番頭にあれこれ質問すると、ひとがよすぎるほどの好人物で、こちらのたずねることにはすべて、なんの用心もなく素直に答えてくれたが、やはりそのような男はいないようだ。しゃべっているあいだも、彦七は店のあちこちに目を走らせたが、そもそも商人面をした優男《やさおとこ》か丁稚か手代しか見あたらぬ。

「店ぐるみで、かくまっておるのではないか」

老僧の問いに彦七は首を横に振り、

「いやー、そうは見えませんでしたなあ。あれは、隠しごとのある風情やおまへんわ」

そしてとうとう、彦七は思いきって、店に忍び込むことにした。武家屋敷とちがって、この時代の商家は侵入するのはたやすい。蜘蛛の巣をかきわけながら天井裏をヤモリのように動きまわったが、

「それらしいやつはひとりもおりまへん。わいは、そう言い切りまっさ」

「では、半四郎が聞いたという、鬼伝斎の『丸山久蔵は扇屋におることをつきとめた』という言葉はどうなる」

「ガセネタだっしゃろ。——ああ、しんど。骨折り損のくたびれもうけや。なんぞ、食うもんおまへんのか」

彦七が欠伸《あくび》をしながらそう言ったとき、

「上人さま……！」

入ってきたのは、半四郎だった。走ってきたらしく、衣服が汗みずくだ。

「どうなさった。顔色が悪いようじゃが……」

老僧がきくと、

「奈美殿が扇屋に……先生も御一緒です」

5

道場で半四郎が稽古をしていると、鬼伝斎と奈美が人目をはばかるように玄関に向かった。なんとなくピンと来て、ひそかにあとを追うと、道場を出たあたりでの会話が聞こえたのだという。

「これでやっと久蔵のところにおもむけまするぞ」

鬼伝斎が言うと、奈美が心細げに、

「まだ……早うございませぬか……」

「いや、いつまで待っていても埒《らち》は明かぬ。決死の覚悟でのぞめば、道は開けると信じておる。なによりも、相手にそれと覚られ、逃げられたら元も子もない」

「――はい……」

「では、参りましょうか、扇屋へ」

ふたりを追いかけようと思ったが、思い直して、老僧に報せにきたのだという。

「まだ早い、と申したのは、奈美だったのじゃな」

「はい」

「ううむ……」

老僧は腕組みをしたまま、じっと考えこんでいる。

「座っているときやおまへんで。一刻も早う、助勢に行かんと……」

焦る彦七を無視すると、老僧は半四郎に言った。

「山田鬼伝斎殿が大和から近江へ来られたのは二年ほどまえと申しておったな。鬼伝斎とは武芸者としての仮名であろう。まことは、山田伝十郎重則という名前ではないかな」

「は、はい。たしか以前、わが本名は伝十郎だと申されたことが……でも、なぜそのことを……」

「山田伝十郎、山田伝十郎……」

「聞き覚えある名前でござるか」

腐乱坊は息を詰め、老僧のつぎの言葉を待っていたが、

「――忘れた」

がっくり。

「情けなきことなれど、拙者では助太刀の役に立ち申さぬ。腐乱坊殿、なにとぞ奈美殿に御加勢を……」

半四郎の言葉に腐乱坊は胸を叩き、

「心得た」

半四郎を先頭に、四人は扇屋に急いだ。腐乱坊は太い樫の杖を前後に打ち振り、中途で半四郎を追い抜いて駆けた。ようやく米問屋のまえに着いたとき、のれんをわけて顔を出したのは、そばかすだらけの丁稚だった。いつも青洟《あおばな》を拭いているのか、着物の袖と前垂れはがびがびになっている。

「あいつ、今日、わいが小遣いやった丁稚ですわ。ちょっときいてみまっさ」

彦七が気軽そうに声をかけた。

「おーい、丁稚《こども》さん。覚えてるやろ、わいや。また、ききたいことあってな、小遣いやるさかい教えてんか」

丁稚はのろのろと顔をあげて、彦七たちのほうを見た。

「今、お店に、山田鬼伝斎ゆうお武家はんと若い娘はんが来てへんか？」

丁稚は怪訝《けげん》そうな表情で、じっと彦七を見つめたまま、なにも答えない。

「聞こえてへんのかいな。あのな、今、扇屋はんにやな……」

そう言いながらひょこひょこ進み出る彦七に、

「危ないっ！」

老僧が彦七の肩をつかんだ。

「——へ？」

振り向こうとして首を曲げた彦七の左頰を、ひやりとしたものがかすめた。刃だ。小柄な丁稚が、いつのまにか十歩ほど離れた場所に立って、こちらを向いている。その手には短刀が握られている。

「な、な、な、な、なんだんねん！」

彦七は身震いすると、その場にしゃがみこんだ。三間《げん》ほどを跳躍して、彦七を飛び越したとしか思えない。丁稚の両眼は野獣のように炯々《けいけい》とした輝きを帯びており、薄い唇は三日月のように曲がり、不気味な笑いを浮かべている。

「こ、このクソガキ、化けもんか……！」

「そのようじゃな。おそらく、こやつこそが……」

老僧が言いかけたとき、

「丸山久蔵……！」

そう呼ばわりながら木陰から走り寄り、丁稚のまえに立ったのは、山田鬼伝斎であった。その後ろには、奈美も控えている。

「二年以前、大和国の街道筋にて、すれちがいざまに老人をひとり、手に掛けた覚えが

あろう。拙者はあのとき、貴様に殺害されし山田黙庵が一子、伝十郎だ。もはや逃れられんぞ。父の仇、尋常に勝負におよべ」

丁稚は短刀を斜め前方に押し出すと同時に、弓手を背中側に突きだした。きわめて珍しい構えだ。

「あ、あれは……奈美の構えと同じではないか」

腐乱坊がそうつぶやいた。丁稚は苦笑いして、

「大勢殺したさかい、いちいち覚えてへんなあ」

「外道め。わが父だけではない。なんの罪もない市井《しせい》のものたちを、面白半分に殺める凶人……かかるところに隠れ潜んでおっても、天網恢々疎にして漏らさず。貴様の罪は天の知るところだぞ」

「隠れてたわけでも、潜んでたわけでもないで。わたいもまだこどもやさかい、おまんまを食べんと生きていかれへんさかい、この家に丁稚奉公しとったんや。おとなしゅう働いてたで。たまに辛抱できんようになって、人斬りはしてたけどな」

「言うな！　化けものめ、この鬼伝斎が天誅《てんちゅう》を加えん。――いざ」

膝をがくがくいわせながら老僧たちのところへ戻ってきた彦七が、

「どないなってまんねん。あの丁稚が丸山久蔵でっか」

「そうじゃ」

「けど、父の仇て……もしかしたらこどもに見えるだけで、ほんまは老けてまんのか」

「そうではあるまい。あのこどもは、年少にして剣術の妙理を覚っておるのじゃ」

「せ、せやけど……面白半分に人殺しをするやなんて……」

「そこが化けものたる所以《ゆえん》じゃな」

　半四郎が信じられぬといった顔つきで、

「では……父の仇を討とうとしていたのは先生のほうで、奈美殿は……」

「おそらく、鬼伝斎に稽古をつけておったのじゃ」

　丁稚はにやりと笑い、ゆっくりと鬼伝斎に向かって間合いを詰めていき、

「アホくさ。おっさんごときの腕で、武尊未曾有流の奥義《おうぎ》をきわめたこのわたいが斬れるかいな。死にとうなかったら、とっとと去《い》に」

「そうはいかぬ。拙者も、武尊未曾有流の技を学んだ。貴様のやり口はすべて承知しておる」

「へえ……陰になって見えへんかったけど、そこにいてるのは、奈美姉ちゃんやないか。なるほど、あんたがこのおっさんに武尊未曾有流を稽古したんやな。いらんことするわあ」

　奈美は一歩まえに出ると、

「久蔵……そなたの乱行を耳にするたびに、お父さまはそなたのようなものに奥義を授

けたことを後悔しておりました。半年まえにお父さまが亡くなったので、わたくしはこちらの山田さまに家伝来の秘伝を授け、そなたを討っていただくことにしたのです」

「へへへへ……へっへへへ……武尊未曾有流は、姉ちゃんの親父さんが作ったもんやないで。あんな百姓ジジイに剣術のことはわからんわ。武尊未曾有流はな、わたいがこさえたもんや！」

言いざま、少年は高々と跳んだ。地面を蹴った様子もなく、直立のまま、まるで羽根が生えているかのようにふわりと跳躍したのだ。

「おおっ……！」

腐乱坊が思わず唸った。鬼伝斎があわてて抜き放った太刀を丁稚は蝶《ちょう》のようにかいくぐると、空中に逆さまになった姿勢のまま、鬼伝斎の後頭部を短刀で真横に斬ったのだ。

「ぐわあっ」

鬼伝斎は、よろめいて数歩進むと、がくりと膝をついた。流れる血潮が衣服を染めていく。

「つぎはとどめやで」

丁稚は、動けずにいる鬼伝斎に切っ先を向けた。

「お待ちなさい。そなたの相手はわたくしがいたします」

奈美が、剣を抜いた。久蔵と同じく、斜めまえに太刀を押し出し、左手を後ろに突き出す構えだ。

「あかんあかん。わたいは姉ちゃんよりもずっと強いで。それぐらい、わかるやろ」

奈美は無言で、構えを崩さない。しかし、その顔には血の気がなく、紙のように真っ白になっている。

「姉ちゃんを殺しとうないけどな、ま、死にたいんやったらしゃあないわ。――ほな、行くで」

丁稚が、奈美の首筋を狙って短刀を振りおろそうとしたとき、

「うわあああああっ！」

横合いから丁稚に体当たりしたのは、三島半四郎だった。

「なにすんねん、こいつ！」

少年は、半四郎の背中を短刀でえぐると、その脇腹を蹴飛ばした。半四郎は奈美をかばうようにして、

「奈美……殿……早う……逃げ……」

老僧は、腐乱坊に目配せし、

「こどもとはいえ、このまま放置しておいては犠牲が増えるばかりじゃ。やっておしまいなさい」

「心得ました」

腐乱坊が脂汗を拭いつつ、樫の杖を構えたとき。

「ようやく会えましたな」

思いもよらぬ方角から、低い声がした。老僧たちが見ると、そこに立っていたのは旅姿の武士だった。

「米沢から近江まで……いやはや長い道のりでござったが、ここで対面できて光栄でござる」

老僧は驚くと思いきや、顔を輝かせて、

「おお、柳生の小倅か。よいところに参った」

「よいところ……?」

「そのほう、将軍家指南役の嫡男なれば、山田伝十郎と丸山久蔵の一件、聞きおよんでおろう」

意表をつかれ、十兵衛もつい、

「山田……伝十郎……丸山……ははあ、思い出してござる。武尊未曾有流とやらを創始した農民某が、素性のわからぬ捨て子を拾うて養育し、物心つかぬころより技を伝授したところ、思いのほか覚えがよく、八歳になるころには師もかなわぬほどの腕となったが、はなはだ素行が悪く、夜な夜な辻斬りに出て、大勢を殺めるようになった。そのうち、神妙賭身流を開いた山田鬼伝斎こと伝十郎の父を殺害したあげく、いずこへか姿を消した……そんなところでござろう」

「うむ、さすがによう知っておるな。――あれを見い」

十兵衛は、血まみれの短刀を下げて微笑《ほほえ》んでいる丁稚と、血だらけの壮年の武士、そして、地面に倒れながら娘をかばっている若侍たちを見やった。

「あの丁稚が丸山久蔵、年嵩の侍が山田伝十郎じゃ。仇を討たんとして返り討ちになりかけておる。――どうじゃ、そのほうに勝てるかな」

「勝てる……？　あの小僧にでござるか」

「そのとおり。たしかに化けものと異名をとるだけのことはあるぞ」

嘲弄されたと思ったのか、十兵衛は吐き捨てるように、

「柳生新陰流は天下無敵でござる。あのような小僧、目隠しをしてでも勝てましょう」

「言うたのう。――おおい、丸山久蔵！」

老僧は大声で丁稚に向かって叫んだ。

「ここにおいでのおかたはのう、柳生の御曹司、十兵衛三厳さまじゃ。おまえのような小僧ならば目隠ししてでも勝てるとおっしゃっておいでじゃぞ！」

丁稚の顔が朱に染まった。

「おもろいなあ、ほなやってみよか。柳生がなんぼのもんやねん。わたいのほうが強いに決まってるわ」

十兵衛も思わぬなりゆきにとまどいながら、少年と対峙した。その瞬間、

(強い……。なるほど、これは化けものだ。うか、とすると負けるぞ)

気を引き締め、大刀を抜き払った。

「へへへへへ……柳生新陰流に勝ったら、わたいが天下一や。へへへへへ……へへへへへ……」

少年は無邪気そうに笑うと、十兵衛に向かって短刀を斜めに突き出した。その全身から、野生のけだもののような「餌となる相手を喰《く》らおう」という殺気が霞《かすみ》のように立ちのぼっている。たいがいの剣客なら、この「気」を浴びるだけで萎縮し、怯懦《きょうだ》の念を抱くだろう。十兵衛は愛刀三池典太光世《みいけてんたみつよ》を正眼に構えると、丁稚が発する「気」を真っ向から受けとめた。

「やっぱり新陰流の御曹司やなあ。これは、一筋縄ではいかんわ。気ぃつけんと、わたいが負ける。けど……勝つ」

少年と十兵衛が、一間ほどの距離をおいて向かいあっている。老僧は、腐乱坊と彦七を指図して、怪我《けが》を負ったものの手当てをさせた。鬼伝斎がもっとも深手であったが、

「なんとか助かりそうでござる」

腐乱坊が言うと、老僧はホッとしたような表情を浮かべた。そのあいだにも、丁稚と武芸者はその間合いを保ったまま、気と気で戦っていた。およそ半刻《はんとき》ほどたったころで

あろうか、しびれをきらしたのか、少年は短刀の先端をちりちりちりちりと震わせると、

「行くで、行くで、行くで……行くどおっ！」

少年が天狗のように高く跳びあがったとき、十兵衛も、

「ええいっ！」

裂帛《れっぱく》の気合いとともに長剣を振りおろした。十兵衛の頭頂の毛が断たれてふわりと宙に舞った。それと同時に、少年の右足のすねに斜めに深い傷口が赤い口を開けた。空中でバランスを崩した丁稚は、左足を十兵衛の肩におろすと、それを蹴るようにして前のめりになり、そのまま、両脚をバタバタさせながら落下した。

「あはははは……あはははははは」

けたたましい笑い声をあげ、地面に転がったところを、十兵衛の太刀が左肩から背中にかけて深々と切り裂いた。

「さあ……山田殿、しっかり！」

十兵衛の叱咤《しった》の声に、山田鬼伝斎は脇差しを抜き、全体重を預けるようにして丁稚の左胸に押し当てた。

「あはははははは……！」

丸山久蔵は、しばらく笑いながら痙攣《けいれん》していたが、やがて、白目を剝《む》いて絶命した。

「お見事……！」

十兵衛がそう叫びながら、周囲を見回したとき、老僧たちの姿は影も形もなかった。

「し、しまった……！」

柳生の嫡男は、思わず天を仰ぎ、

「茶坊主め……」

そうつぶやいたが、その身体は不思議な充足感に満ちていた。

◇

「どこでおわかりになられました」

早足で歩きながら、腐乱坊がたずねた。

「仇を討つのが娘ではなく、鬼伝斎だということでござる」

「奈美が妙な構えをしていた、と聞いたからじゃよ。鬼伝斎が奈美に剣術を伝授しておるのであれば、おのれの流儀を教えるはず。そうでないということは、鬼伝斎のほうが奈美を師としておるのではないか、と思うたまでじゃ」

「すっかりだまされました」

「皆、男が強い、女は弱いものと決めてかかっておる。仇討ちといえば、女が男に習うておるはずじゃ、とな。しかも、その仇は小児じゃ。だれも小児があのような武芸者の父を手にかけたとは思わぬわ」

先を歩いていた彦七が振り返ると、

「今は、木の葉が沈んで石が泳ぐ御時世や。豊臣家が滅んで、狸《たぬき》ジジイが天下を獲《と》るやなんて、だれが思うてた？　なにが起きてもおかしないで」

「これ……彦七！」

腐乱坊が周囲に目を配った。

「す、すんまへん。ついうっかり」

「うっかりではないぞ。どこに公儀の目があるかわからぬ。口に気をつけよ」

老僧は笑いながら、

「まあまあ、よいではないか。豊臣が仕切ろうと徳川が仕切ろうと庶民にはかかわりないが、言いたいことも言えぬ世の中では暗闇に等しかろうよ。――それにしても、半四郎はあの奈美という娘とこの先どうするつもりかのう」

「よほど剣術の腕を磨かんと、釣り合いがとれまへんやろな」

「恋の力は偉大じゃ。それこそ死ぬ気になって修行するであろうよ。それもまたよし」

腐乱坊が苦りきった顔で、

「呑気なことを言うておるときではござらぬ。急がぬと柳生の小倅に追いつかれますぞ」

「心配いらぬ。あやつはわしらが大坂へ向かうと思うとるじゃろ。まっすぐに西へ行くとは考えまいて」

「それが油断でござるぞ。柳生を甘くみるのは……」

「此度《こたび》のことでは、あやつにシテを任せてやった。しばらくはいい気分でおるであろうよ。カッカッカッカッカッカッ……」

老僧のカラスのような笑い声が街道に明るくこだました。

第三話

茶坊主の醜聞

1

夕刻である。黴《かび》くさい旅籠《はたご》の二階で、十兵衛は窓際に頰杖《ほおづえ》をつき、往来の諸人《もろびと》を見下ろしていた。三畳しかない狭苦しい一室で、畳はぬるぬるで、襖《ふすま》も破れ、つねならばとうてい彼の泊まるような部屋ではないが、あいにくどこの宿屋もいっぱいなのだ。相部屋ならばよい部屋があるというが、

「狭くともよい。一人部屋を頼みたい」

と言うと、ほんとうに狭い部屋に通された。気がついたら、いつのまにかため息をついている。部屋がむさいのが、ため息のわけではない。まもなく来客があることになっている。その客との内密の面談があるため、相部屋にはできぬのだ。彼の心に重く影を落としているのは、まさにその来客であった。

岡山は、備前国《びぜんのくに》の城下町である。池田家は備前・備中《びっちゅう》あわせて三十一万五千石を領する外様《とざま》の大大名で、当主光政《みつまさ》公は気性奔放にして闊達《かったつ》、公儀のやりかたに対してもず

けずけと踏み込んだ言動をする。かつて十兵衛は、将軍家の密命を受け、池田公に幕府に弓引く心あらずやと、隠密裡《おんみつり》にその動向を調べたことがあった。光政に仕える儒家熊《くま》沢蕃山《ざわばんざん》によって疑いは晴れたのだが、

（あの折も気が滅入る役目であったが、此度《こたび》のほうがよほど骨が折れそうじゃ）

十兵衛が待っているのは、池田家の重臣 某《なにがし》であった。近江以来、老僧たちの足取りがぷっつりと途絶えてしまっている。十兵衛の行く先々を先回りするかのように、将軍家光からの書状が届いていた。状況をたずねる、いわば「催促状」だ。それらに目を通すたびに十兵衛の憂鬱は増すのだった。期待していた京大坂に、老僧たちは立ち寄らなかった。どこかで裏をかかれたらしい。十兵衛は、京都から池田家に老僧一行の顔立ちや人数を詳しく書き送り、事情は言えぬが天下の大罪人であり、誰にも知られぬように処分せねばならぬ、と各街道や水路への手配りを頼んだのだが、当初、池田家の対応はかんばしくなかった。事情もわからぬのに、人数を動かすわけにはいかぬ、と言うのだ。もっともな話ではあり、池田光政の性格を考えると予想された返答ではあったが、十兵衛としては外様大名である池田家にうかつなことを漏らすことはできない。ましてや、書面に残すのはいかにもまずい。矢の催促をしてくる将軍家と、道理を楯《たて》に援助を拒む池田家のはざまに立って、剣豪は困惑していた。

（なれど……この三厳にも武芸者としての意地がある。池田家に物乞いのごとく頭を下

げて助けを求むることはしたくない)

といって、父であり将軍家手直し役である但馬守宗矩に助力を懇願するのは、もっと嫌だった。彼は、宗矩とはそりがあわなかった。江戸柳生の総師であるにもかかわらず、なにごとも政治力で解決しようとする父に比べ、十兵衛はまだ「剣」というものを信じていた。それがいくら天下国家のためであろうと、権力で大勢を動かし、数を頼んで押し包んでしまうやりかたより、一対一の戦いのほうがずっと「真実」があるように思えた。しかし、いつのまにか十兵衛は「権力」の側に立ち、その手先となって動いているのだ。

(茶坊主め……)

十兵衛は舌打ちした。あのクソ坊主のせいで、自分は今、やりたくもないことをやらされている。備前は鍛冶《かじ》で名高く、備前物と呼ばれる名刀の産地である。本来なら、ゆっくりと土地の刀鍛冶をたずねて、刀剣談義をしたいところだが、そんな心のゆとりはなかった。

とんとんとん……と階段をのぼってくる足音が聞こえた。軽やかさから考えて、武家ではないだろう。宿の主人に、来客があったら知らせるように頼んでおいたので、おそらくそれだろうと思っていると、

「お武家さま、ご来客でございます」

「あがっていただけ」

足音は階段を下っていき、しばらくして別の足音が上がってきた。今度は重厚で、それでいて一分の隙もない。剣術のたしなみもある武士のようだ。

（来たか……）

十兵衛は居住まいを正した。当然、まずは襖の外から声がかかるだろうと思っていると、いきなり襖ががらりと開いた。無礼をとがめようと、その顔を見て、十兵衛は言葉を失った。

「三厳、久しいのう」

「親父殿……なにゆえここに……」

それだけ言うのが精一杯だった。入ってきたのは、彼の父親、柳生但馬守宗矩であった。

「なにゆえ、とはまた、阿呆《あほう》なる申しようかな。――上さまの命で、貴様の尻を叩《たた》きにまいったに決まっておろうが」

「尻など叩かれずとも、お役目はきっと果たしまする」

池田公が報《しら》せたのだな、と十兵衛は歯嚙《はが》みした。父親に出てこられては、彼の面目が丸つぶれである。

「ふん……貴様のような呑気《のんき》さでは、目のまえにおる獲物も逃してしまうわ。治部少一行はどこにおる」

「………」

「答えられぬか。どうやら、まんまとしてやられておるようじゃな。足取りはどこまでつかめておる」

「──近江まで」

「ふむ……」

十兵衛は、天井を見上げた。ひとの気配がする。天井裏に、少なくとも三人が潜んでいるようだ。

「親父殿、手助けは無用でござる。それがし一人《いちにん》にてやり遂げる所存にて……」

「ぬるい。貴様は日向湯《ひなたゆ》のようにぬるいわ。もし、治部少が西海道に至り、同地に潜む豊臣の残党や幕政に不満持つ外様大名、弾圧を受けておる切支丹伴天連《キリシタンバテレン》、年貢にあえぐ農民などをまとめあげ、公儀に反旗をひるがえさば、徳川の根太《ねだ》がゆらぐのじゃ。せっかく泰山のごとく平穏となった天下がふたたび戦乱の世に逆戻りする。それで、どれだけ多くの民が難儀すると思う」

「それは……」

「此度のこと、万が一仕損じたら、貴様だけのしくじりにとどまらぬのだぞ。柳生家の存亡にかかわる大事なのじゃ。太閤検地で大和国柳生の庄の隠し田が発覚して領地召し上げの屈辱をこうむったるのち、徳川家に身を寄せて粉骨努力、千石、また千石と御加増を積み重ねて、とうとう昨年には一万石の大名に列席を許された。この地位、ぜったいに手放すわけにはいかぬ」

　結局は、そこか。徳川家のためでも、平穏な世の維持のためでもない。保身なのだ。柳生家という「家」を守るために汲々《きゆうきゆう》としているのだ。十兵衛に言わせれば、そんなちっぽけなものはどうでもよかった。彼が欲しているのは、「剣の極意」……それだけだ。

「親父殿、なぜに一万石に固執なさる。剣で身を立てるものにとっては、百石でも十万石でも同じではござらぬか」

「剣で身を立てるだと？　剣はひとり、ふたりしか相手にできぬが、政《まつりごと》は何十万、何百万を相手にできる。どちらが大事か、考えずともわかろう。それに……政には金がかかるのじゃ。大名ならば、ふんだんに金が使える。ひとの心も動かせる」

　十兵衛は、目のまえの男が自分の実父だという事実に、吐きそうになっていた。

「御免」

　十兵衛は二刀をつかむと、立ち上がった。

「どこへ参る」

「治部少を追いまする」

「追うと申しても、足取りがわかるまい。――手練《てだれ》の忍びを十二名連れてまいった。自由に使え」

　柳生の庄では、剣を学ぶ侍たちのほかに、柳生忍軍ともいうべき忍びのものが日々、密かに鍛錬を重ねていた。彼らは武士ではないが、新陰流の奥義《おうぎ》を授けられており、くわえて忍びの術を体得している。宗矩の野望達成のための手足となるべきものたちである。

「お断りいたす。それがし一人が上さまから受けたる仕事なれば、一人にて果たしまする。柳生新陰流を極めたる武芸人が、忍びの手を借りたとあっては恥でありましょう」

「どこまでも甘いやつじゃ。目的を果たせばそれでよい。ひとりで成し遂げたからというて、たれもほめてはくれぬ。使えるものはなんでも使え。人でも飛び道具でも金でもな」

　十兵衛は隻眼《せきがん》で父親をじっと見つめ、

「親父殿は変わられた」

「親に向かって説法か。身の程知らずめが。貴様はわしの申すとおりにしておればよいのじゃ」

　そのとき、天井からコツコツという小さな音が降ってきた。常人なら、ネズミが走ったか、ぐらいに聞き過ごすほどのささやかな音であったが、ふたりは同時に顔を上げた。

「なんじゃ」

宗矩が言った。

「老僧一行の行方、知れました」

天井からくぐもった声が落ちてきた。これも、針を落としたほどの微弱さである。宗矩は、得意気に笑い、

「三厳、忍びもときには役に立つであろう。——どこへ向かった」

「瀬戸内の小島……菩提島《ぼだいじま》」

修飾を削ぎ落とした簡潔な言葉使いである。

「小島、じゃと？　そこにはなにがある」

「なにも。ただ……」

「ただ、なんじゃ。早《はよ》う申せ」

天井裏の忍びは、うながされてもなおためらっていたが、

「逆《さか》し丸の財宝がある、という噂《うわさ》、ござる」

「——なに？」

宗矩の顔が険しくなった。

「それは聞き捨てならぬ。逆し丸とは何者じゃ」

「そこまでは……」

宗矩は膝を打ち、

「やはりそうか。彼奴《きやつ》らは、徳川の世の転覆を企てておると決まった。財宝を見つけて、天下騒擾《そうじよう》の軍用金とする腹じゃ」

十兵衛は、老僧の飄々《ひようひよう》とした風貌を思い浮かべた。とても、そのようなことをたくらんでいる顔ではなかったが……。

(結局は、金が欲しいのか)

十兵衛は、わけがわからなくなった。

「よいか、十兵衛。治部一行をけっして逃がすでないぞ。その菩提島とやらで、葬るのじゃ」

「言われずとも、もとよりそのつもりでござる」

「吉報を待っておる」

「上さまから受けた仕事ゆえ、報せは上さまにいたしまする」

但馬守は、まだなにか言い足りなそうな顔つきだったが、言葉を呑み込み、足音荒く階段を降りていった。窓からちらと見ると、旅籠の玄関外に待たせてあった四、五名の従者を連れて、振り返ることなく東へと去っていった。十兵衛は腕組みをして、しばらく目を閉じていたが、手を叩いて宿の主を呼んだ。

「御亭主……そのほう、菩提島というを存知おるか」

「へえ、名前だけは……」

「どのような島じゃ」

「ほんの小島でございます」

「そこへ渡りたいが、船はあるか」

「さあ……行ってもしかたないような小島でございますよ。むかしは漁師が何家族か住んでおりましたが、今はたしか無人のはずでございます。つまらぬところでして……」

「左様か。——ところで、逆し丸という名を聞いたことはあるか」

「逆し丸……？」

宿の主は笑い出した。

「なにがおかしい」

「それは、こどもの戯《ざ》れ歌でございますよ。この土地でも、近頃の若いものは知りますまいが、私ども、小さいころによく歌ったもので……」

「戯れ歌だと……？　歌《うと》うてみせい」

亭主は、はにかみながら歌いだした。

おかめひょっとこ般若《はんにゃ》の面
般若の面の逆し丸は
日本一の胴欲《どうよく》じゃ

幼子《おさなご》からも年寄りからも
金持ちからも貧乏人からも
金じゃとみれば奪い取る
国中の宝を残らず集め
菩提島へと埋めたあと
一文も使わずに死んでしもた
日本一の大アホじゃ
ああ、もったいないもったいない

聞きおえてから十兵衛は、

「逆し丸というのは盗賊か」

「海賊でございます。言い伝えでは、大勢の手下を率い、何十艘《そう》もの船を操って瀬戸内はおろか四国や九州、紀州から北国までも荒らし回って、日本中の宝を集めるつもりだったそうでございます」

「瀬戸内の海賊といえば、村上水軍が名高いが……」

「あれは、海賊と申しましても、『海の大名』とでもいうべきものでして、因島《いんのしま》や来島《くるしま》、能島《のしま》などの大きな島を根城に、声がかかれば、各地の守護大名に味方して戦《いくさ》をする、まさしく『水軍』でございます。ところが、逆し丸一味はただひたすら、どんな小舟でも近寄って金品を奪う、ただの盗人でございます。金の亡者と申しましょうか、貯めた金を全部、菩提島のどこかへ埋めたまではよかったのですが、今の歌の文句にもございましたとおり、一文も使わずに、病を得て、ぽっくり死んでしまい、日本一の胴欲で、日本一の大アホじゃ、と土地のものは言うとります」

「まことにおったる人物か」

「あはは、まさか。桃太郎のようなおとぎ話でございますよ。そのあかしに、太閤さまが毛利攻めをなされたときに、御家来衆に菩提島のそれらしき場所を掘り返させたそうですが、なにも見つからなかったと申します。太閤さまも骨折り損をしたものですな」

「なれど、もし見つけたらたいへんな分限者《ぶげんしゃ》じゃ」

「なにをおっしゃる。そもそも、楽をして金を稼ごうというのはとんでもない罰当たりな考えでございます。人間、苦労して働き、その働きに見合った銭をちょうだいするのが正しい生き方ではございませぬか。生涯かかっても使い切れぬような財宝を欲しがるのは餓鬼道でございます。度の過ぎた胴欲は身を滅ぼします。私は逆し丸のように金に執着する気はありませせぬ」

まじめな人物である。

「なるほどのう。逆し丸の話は、宝を得ても、使わずに死ぬばかばかしさを教えるための、ただのたとえ話、ということか」

「備前のもので、あんな話を信じているものなど、ひとりもおりますまい。あ、いや……」

「なんじゃ？」

「ひとりだけおりました。たしか、なんとかいう阿呆が、宝の噂を信じて、今も菩提島を掘っておるらしゅうございますが、見つかるはずがございませぬ。そんなことで短い一生を費やしてしまうのが、いちばんもったいのうございますな」

◇

風が磯《いそ》臭くなってきた。十兵衛は歩みを牛のごとく緩め、

「いつまでついてくるつもりだ」

背後の闇のなかから返事があった。

「いつまでも」

「帰れ。言ったはずだ、この仕事はひとりでやる、とな」

「そうはまいりませぬ。大殿のお指図ゆえ」

声はひとつだったが、そのうしろに残り十一名の気配が感じられた。

「どうあっても去《い》なぬか」

「どうあっても」

「さほどにこの十兵衛が信じられぬか」

「大殿のお指図ゆえ」

「おもしろい。ならば、斬られても文句はないな」

「大殿のお指図ゆえ」

　忍びの頭らしき男は、三度目を口にした。

「俺に勝てると思うか」

「おそらくは。われらも新陰流免許皆伝の腕……」

　その言葉の終わらぬうちに、闇を白刃《はくじん》が斬り裂いた。ガッキ、という鉄と鉄がぶつかる音、空気の焼ける焦げ臭い匂い、あとの十一名が一斉に抜刀する音、大勢の息づかいなどが漆黒のなかでひと続きの絵巻物のようにつながった。

「うふっ」

「ぎっ」

「む……」

　忍びは戦いの途上で声を漏らさぬ。しかし、その固く結んだ唇を突き破って、数人が思わずくぐもった呻《うめ》きをあげた。勝負はほぼ、瞬《まばた》きするうちに終わった。十兵衛が三池典太光世をそっと鞘《さや》に戻し、ふたたび歩きだしたとき、彼の背後には十二名の忍びが倒れていた。それぞれ急所を峰打ちで一撃され、しかも、片股《かたもも》の付け根の筋を切断されており、当分自力では動けぬ身体《からだ》にされていた。

2

話はすこしさかのぼる。山陽道から外れた海沿いの道を三人の旅人が歩いていた。

「しんどいわあ。もういやや。足が棒や」

彦七が涙声でそう言うと、先頭を歩いていた老僧が、

「若いくせになにをへこたれておる。さあ、進め進め、出陣じゃ」

「若《わこ》うても年寄りでも、しんどいもんはしんどいがな。どこぞで一服しまひょいな」

「休むというても前もうしろも砂浜じゃ。茶店などないぞ」

「ほな、大きな岩の陰で休みますわ」

「大きな岩もない。見渡すかぎり、砂また砂じゃ」

「ほな……砂に穴掘ってそのなかに入りまっさ」

「貴様は蟹《かに》か」

「かなんなあ。せやさかいわいが本街道を行こて言うたんや。こんな人っ子一人おらん道筋……」

腐乱坊が太い樫《かし》の杖を突きながら、

「本街道を行きたくば行けばよいではないか。われらはかまわぬぞ」

「そ、そんなつれないこと……一の家来やおまへんか」

「いつ家来になった。おまえが勝手についてきているだけではないか」

「冷たいなあ。けど、わかってまっせ。口ではそんな冷たいこと言うてるけど、腹のなかでは、彦七はこう見えて役に立つやっちゃ、頼りになるやっちゃ、かわいいやっちゃと……」

「だれが思うか」

老僧はカラカラと笑い、

「おまえがたの話を聞いておると、滑稽万歳《こっけいまんざい》の太夫《たゆう》と才蔵《さいぞう》が掛け合いをしておるようじゃな。愉快愉快」

彦七は扇子をさっと広げると、

「わいは、万歳もやったことおまっせ。正月は、けっこうええ銭もうけになりまんのや」

「器用なやつじゃのう。おまえの本職はなんじゃ」

「そらもう、彦七でんがな。田舎をまわって、ひとを集めて、おもしろい話を披露してお金をいただく……これがわいの稼業でおます」

「その途中で、大商人の蔵に忍び込んだり、ひとの懐中を狙ったりするわけか」

「と、と、と、とんでもない」

彦七は真顔で、

「たしかにそういうこともおましたけど、上人さまと出会《でお》うてからは、悪事は一切やっとりません。それは神仏に誓《ちこ》うてほんまでおます」

「それにしても、おまえの身の軽さはただの盗賊のものではないな」

「盗賊盗賊言わんといとくなはれ。だれが聞いてるかわかりまへんで」

「人っ子ひとりおらぬならばかまうまい。――おまえほど身の軽い男を、わしはかつて一人《いちにん》だけ知っておった」

「ほほう、そんなやつがわいのほかにもおりましたか」

「猿飛佐助、という仁じゃ。真田の陣で会うたことがある」

腐乱坊が聞きとがめ、

「お上人さま……」

「ほっほっほっ……人っ子ひとりおらんのだからよかろうて」

腐乱坊は声をひそめ、

「彦七が……聞いておりまする」

彦七はにやりと笑い、

「わいはかまいまへんがな。なんせ、仲間やさかい」

「な、仲間だと？　貴様、このおかたをどなたと……」

「へいへい、そのあたりのこともわいはだいたい察してまんのや。へっへっへっ、心配なしに、どーんと心をお許しいただければ……」

「心を許せるか、馬鹿め。——おい、彦七」

「へえへえ」

「へえへえではない、まえからきこうと思うておったのだが、貴様、なにゆえわれらにくっついておる」

「おふたりのことが心より好きで、お慕いしとるからに決まってまんがな」

「ふん、見え透いたべんちゃらを……。われらの素性を知ったものが、われらと一緒におりたがるはずがない。貴様……なにを企んでおる。われらを使《つこ》うて、なにがしたいのじゃ」

「そんな怖い顔でおっしゃらんかてよろし。わいはなーんにも企んどりまへん」

　今まで黙って聞いていた老僧が一言、

「腐乱坊、やめぬか。忍びがまことのことを明かすはずもなかろう」

「し、し、し、し、忍び？　お上人さま、なにを言うてはりますねん。わいはただの彦七だっせ。百歩譲っても、元盗賊ですわ。忍びやなんて、なんのことやら三昧やら太鼓やら……あああっ！」

　彦七が突然大声を出して、少し先の砂浜を指さした。

「貴様、ごまかすつもりか」

　腐乱坊がいきりたつと、

「ちゃうちゃう、ちゃいまんがな。あれ、見とくなはれ」

　彦七の指さすほうに顔を向けると、小太りの男が波打ち際にうつぶせに倒れている。

老僧が目顔で指図したので、彦七はいそいそとその男に走り寄り、抱えおこした。

「おい、しっかりせえや」

　男は三十過ぎとおぼしき中年で、漁師のような風体《ふうてい》をしていた。顔は髭《ひげ》だらけで、その髭は砂だらけだった。唇が切れて、血が出ており、肩にも怪我《けが》をしている。腰から下は海水に浸かっており、気を失っているようだ。やや離れたところに、小舟が一艘、ひっくり返っている。あちこち、板が外れているようだが、バラバラにはなっていない。

老僧と腐乱坊もすぐに駆けつけ、腐乱坊が老僧の印籠から気付け薬を一粒取りだして、それを男の口に押し込んだ。しばらくして男は目を開けた。口に入った砂を吐き出し、顔をぶるっと振るって髭の砂を振り飛ばすと、

「わい……生きとるんか？」

「ああ、生きとるよ。まだ、極楽ではない」

老僧がそう言うと、

「けど、坊主が見えとるけえ」

「はっはっはっ、この坊主はただの坊主ではないぞ。日本一の生臭《なまぐさ》坊主じゃから安《あん》堵《ど》いたせ。おまえさんはどこのだれじゃ」

「わいか。わいはな……モグラの権兵衛というもんじゃ」

腐乱坊が、

「このあたりの村のものか」

「いいや、菩提島から来た」

「菩提島……？　聞いたことのない名前だな。そこの漁師か」

「モグラだと言ったやろ」

「モグラというのが仕事の名か？」

「そうじゃ。わいは穴掘りじゃ」

「穴掘り……？」

「なーんも知らん坊主じゃな。モグラというのは、財宝が埋まってるというところを掘って掘ってまた掘って……お宝を手に入れるのが仕事じゃ。島に食いものがなくなったんで、小舟で米やしょう油の買いだしに来る途中、沖でその小舟が風を食らってひっくり返った。気がついたら、あんたらの顔が見えたというわけじゃ」

彦七が身を乗り出し、

「な、なんやと？　ほな、その菩提島ゆうとこに、宝が埋まっとるゆうんか」

「そうじゃ。逆し丸の財宝がな」

「一万両とか二万両か？」

「あんごー（馬鹿）言うな。五百万両だ」

「ご、ご、ごごごご……」

彦七は指を五本突き出すと、目を白黒させている。代わって腐乱坊が、

「その島は広いのか」

「こんめえこんめえ。六千坪ほどじゃ」

「うーむ、小さいといえば小さいが……その島のどこに埋まっているかはわかっておるのか」

「うはははは。そいつがわかっとれば、こんなに長えあいだ苦労はせんわい」

「長いあいだ……？　いったいいつから掘っておるのだ」

「そうやなあ、あの島に渡ってから、かれこれ……」

男は指折り数えたあと、

「十年になるんか」

彦七があきれ顔で、

「ほな、あんた、十年間もただやみくもに島中を掘り返してる、ゆうんか」

「そういうことじゃ」

「小判の一枚でも見つけたんか」

「いいや。なーんにも」

「アホちゃうか。こいつ、わいより上手のアホでっせ。——そんなもん一生かかっても見つかるかい」

「見つける。なんとしても見つけ出すが」

「よう考えんかい。なんぼ寝る間も惜しんでがんばったかて、島全部掘り返すころにはジジイになっとるんやで。金を使うひまがないやろ」

「——なるほど、そういう風に考えたことはなかったのお」

男は潮焼けした髭面をゆがめてニッと笑い、

「わいの生きざまはいつも一か八かじゃ。もし、運よく財宝を見つけることができれば、わいは公方《くぼう》さまを越える、天下一の分限者じゃ。でも、ひょっと死ぬまでお宝が見つからんでも、どえらい夢を見ながらおもしろい生涯をすごせたことにはなる。どっちに転んでも、損にはならんわ」

「大損やと思うでえ。——さあ、行きまひょ、行きまひょ。こんな大たわけ、相手にしとったら日が暮れてしまうわ。なんの手がかりもなしに、ひとりで島を掘っとるやなんて、酔狂にもほどがある」

「手がかりはある」

「ほな、それ聞かせてもらおか」

男は、少しためらってから、

「だれにも教えたことはないが、あんたらは命の恩人じゃからな。――これを見てみ」

男はふところから油紙の包みをつかみ出した。そして、何重にも包んだその油紙をほどくと、一枚の紙を取りだし、三人に見せた。かなり古いものらしく、紙は傷み、文字もかすれ、汚れもあってよく読めないが、おおむねつぎのようなことが書いてあるらしかった。

おたからはいづこにもなし●
ちかくもとほくもさがすなよ
●さがさねばそこにあり
さがさば●たからは●
きへてなくなるぞ

読み終えて腐乱坊が、

「禅問答のようでござるな。探さなければそこにあり、探したら消えてしまう。まるで『無』や『空』といった悟りの境地のような……」

そう言いながら顔をあげると、老僧はなにやらおかしげに微笑《ほほえ》みを浮かべている。

「イタチの権兵衛さん、じゃったかな」

「イタチじゃない。モグラやろ」

「ああ、すまん、モグラさん。あんたは今から島に帰りなさるのか」

「さいわい、舟はさほど壊れてはおらんようだ。修繕すれば使えるやろ。食い物を買《こ》うたら、すぐに戻る」

「どうじゃろ、わしらもその菩提島とやらに連れていってくれぬか」

「お上人さま！」

腐乱坊が厳しい語調で、

「また酔狂でござるか。いいかげんになさりませ。われらは先を急ぐ旅……」

「まあまあ、よいではないか。財宝掘りなど、なかなかやりとうてもできぬぞ。それに、うまくいけば、お目当ての宝を見つける場面を見物できるかもしれぬ。——わしら三人、あんたの手助けをするゆえ、舟に乗せてくれい」

「ふーん……小舟やけど五、六人は乗れるけえべつにかまわんが……もし、お宝が見つかっても、あんたたちには一文もやらんぞ」

「そりゃわかっとる。金が欲しいんじゃない。自分でやってみたいだけじゃ」

「そんなら、人手はいくらでも欲しいところじゃ。歓迎するわ」

モグラの権兵衛は、先に立って小舟を海に押し出した。腐乱坊と彦七は迷惑そうに顔を見合わせ、

「なにを考えてはりまんのや」

「なにを考えておられるのか」

ほぼ同時にそう言ってため息をついた。

3

浜から菩提島までは半刻《はんとき》ほどの道のりだった。

「話には聞いていたが、ほんとうに小さい島だわい」

腐乱坊は舳先《へさき》で手をかざし、眼前の菩提島を眺めた。ほぼ円形で、中央にこれまた小さな山があり、その南に滝がある。島の周囲は断崖で囲まれているが、北側の一箇所だけ磯があり、そこから舟が出入りできる。住んでいるのは権兵衛だけという。

「昔は、あの山のてっぺんからいつも黒い煙があがっとってな、それが菩提を弔っているように見えとるから、菩提島と名がついたらしい」

権兵衛は、赤銅《しゃくどう》色の太い腕にめりめりと筋が立つほど力をこめて櫓《ろ》を漕《こ》いだ。

「うわあ、それ、火山やないか。噴火せえへんやろか」

「今はもう、煙も出とらん。静かなもんだ」

「ほんまかいな」

「あそこに滝があるやろ。あれが千紗《ちさ》滝。見事なもんだ。千枚の紗《うすぎぬ》を垂らしとるようだ、というのでそういう名がついたらしい」

ずず、ずず……と小舟は砂浜に乗り上げる。まず、彦七が、つづいて腐乱坊が降りて、老僧に手を差しのべたが、老僧は小猿のような矮軀《わいく》を縮め、ぴょいと身軽に飛び降りて、いたずらっぽく笑った。最後に、権兵衛が浜に立ったとき、

「権兵衛さん！」

女の声がした。皆がそちらのほうを見ると、二十歳前後の若い女が素足で砂のうえを走ってくる。

「お千紗ちゃんか。えらい急いでるな。なにかあったのか」

女は泣きべそをかきながら権兵衛の胸に顔をうずめ、

「なに言っとるの。権兵衛さんが出ていったあと急に海が荒れだしたんで、ずっと憂えてたら、舟の板が流れ着いたから、私、てっきり死んだかと思って……」

「あはははは。このとおり元気じゃ。心配するな。——このひとたちに助けられて

な」

　そこではじめて、娘は老僧たちに気づいたらしく、飛び下がって、

「す、すいません。私……私……」

「よいよい。あんたは、権兵衛さんのお内儀《ないぎ》さんかな」

　老僧が言うと、娘は顔を耳まで赤くして、

「お内儀さんだなんてとんでもない。私は、権兵衛さんの身の回りの世話をしとるだけで、えーと、その、ただの知り合いっていうか……」

　権兵衛は、娘のうろたえぶりを気にもとめず、

「奇特なひとたちでな、宝を掘るのをてごーする（手伝う）、というんじゃ。しばらく一緒におるから。——あ、これ、食いもの買うてきた」

　食糧を手渡すと、

「わいは先に行って支度しとくから、お千紗ちゃん、お客人を案内してきてくれ」

　返事も聞かずに歩き出した。腐乱坊は、娘が彼らをにらみつけているのに気づき、

「どうかしたかな。われらが来たのが迷惑か」

「そうやないけど……お坊さまがた、権兵衛さんをてごーするつもりなんですか」

「まあ、なんというか、なりゆきでな」

　千紗は声を聴き取れないぐらい小さくして、

「困るわあ、そんなことをされたら」

「どうしてだ。もし、あの男が宝を掘り当てても、われらは横取りするつもりはないぞ。あの爺《じい》さんの気まぐれで、ちょっと手助けをしにきただけだからな。逆し丸の財宝は全部、権兵衛のものだ」

「それがおえん（だめ）のです。私……私、あのひとに財宝なんか掘り当ててほしくないんわ」

ふたりが顔を寄せて話をしていると、うしろから老僧がにゅっと首を出し、

「おもしろそうじゃな。わしも混ぜてくれ。——娘さん、あんた、どうして宝を見つけてもらいたくないのじゃ」

「ひとは、お金を手に入れたら変わってしまうから。幸せって、お金で買えるもんではないでしょう？　私は、あのひとのそばでいつもどおりの暮らしができればそれでいいんです。へたに宝が見つかったら……」

「この暮らしが崩れてしまう、というのじゃな」

「いい家も、高《たけ》え着物も、ぜいたくな食べもんもいりません。私はこのままでいいんです……このままで。だから、権兵衛さんをてごーせんでください。お願いします」

「じゃが、権兵衛は言うておった。一か八かがおのれの生きざまじゃ、財宝を見つけることができれば天下一の分限者じゃが、見つからんでもおもしろい生涯をすごせたこと

にはなる……とな」

「天下一の分限者なんかになったら、ろくなことはないわあ。きっとなんもかもめちゃくちゃになってしまいます。ああ……宝なんか見つからんかったらいいのに！」

腐乱坊は思わず口を挟み、

「あんた、よほどあの男に惚《ほ》れているようだな。なれど……あの御仁にかぎって、ひとが変わったりはせんと思うがな」

老僧は皮肉げに笑い、

「それはわからんぞ、腐乱坊。人間というのは元来胴欲にできておるようだからのう。一生に使える金のたかは決まっておるのに、少しでも金が貯まるともっともっと欲しくなる。たくさん集めても、まだまだ集めたくなる。自分の分だけではない、家族の分も、子孫の分も……とにかく欲にはきりがないものじゃ」

「そうなんです。おっしゃられるとおりです」

千紗は、力をこめてそう言った。

「娘さん……お千紗ちゃん、とかいうたな、あんた、どうしてそこまで言いきれるのじゃ」

娘は暗い表情で、

「私は……私は、逆し丸の末裔《すえ》なんです」

◇

千紗の話によると、彼女は海賊逆し丸のただひとりの子孫だという。「千紗」という名前は、この島の滝にちなんで、父親がつけたらしい。父母をはやくに亡くし、以来ずっとひとりで暮らしている。死ぬ間際の父親に、海賊の末裔であることを教えられたときの衝撃は今も忘れていない。

「あんた、先祖を恥じておるのか」

「許せません。大っ嫌いだわ。他人《ひと》さまのもんを盗んで、自分のもんにして、それを集めて喜ぶなんて……ひとじゃないわ。鬼です。外道です。私はこの身体に流れる血が嫌で嫌で、なんども死にてえと思いました」

「ふーむ、思い詰めたものじゃのう。では、あんたが嫁がず、ひとりものでおるのも……」

「はい。海賊の忌まわしい血を残すことなんかできません。こどもが私と同じような気持ちになるんは、悲しすぎます」

「権兵衛さんとは似合いの夫婦《みょうと》と思うがのう」

「権兵衛さんがいるから、私は死なんと今まで生きてこられたんだと思います。でも……」

「でも？」

「権兵衛さんをあんな風にしてしまったのは私なんです。私が悪いんです」

娘は泣きだした。

「どういうことかね」

「権兵衛さんが持っとる紙……あれを渡したのは私なんです。それまで、権兵衛さんは貧乏だけど腕のいい漁師でした。もともと逆し丸の言い伝えには興味を持っていたようですが、まさかほんとうのこととは思っていなかった。そこへ私が権兵衛さんに好かれようとうっかりあの紙を見せてしまったから、財宝の話は嘘《うそ》じゃなかったんだ、とすっかりその気になってしもうて……。ああ、あんなもん見せるんじゃなかった！」

「男の夢に火ぃつけてしもたんやな。わかるわかる」

彦七が訳知り顔でうなずいた。

「さっきは大たわけとののしっていたではないか」

腐乱坊につっこまれると、

「アホやとは思いますけど、気持ちはわかる、ゆうてまんねん」

娘は鼻水をすすりながら、

「権兵衛さんは漁師をやめてこの島に渡り、モグラになって、地面を掘りかえすようになりました。私は罪滅ぼしのつもりで権兵衛さんのお世話をしはじめました。権兵衛さんがいるから、この島の暮らしは嫌じゃありません。魚も、ふたりで食べる分ぐらいは獲《と》れますし、景色だって悪くない。私はこのままでいいんです。でも、権兵衛さんは……いつかはお宝を見つけて、日本一のお大尽《だいじん》になるつもりだそうです。もし、分限者になってしもうたら、きっとひとが変わります。私は今のまんまの権兵衛さんが好きなのに……」

「宝を見つけても、今のままかもしれんではないか」

腐乱坊が言うと、娘は首を左右に振り、

「そんなひと、いません。みんな、逆し丸と同じです。金銀財宝を見るとおかしくなってしまう。権兵衛さんに逆し丸みたいになってほしくないんです。——お願いですから、あのひとをてごーせんでください」

「なるほど。おまえの申すことももっともだ。ならば、われら三人……」

腐乱坊が言いかけたとき、老僧がさえぎり、

「あの紙に書かれた文句の意味が、わしの思うたとおりだとすると、さほど心配はいらんと思うよ。さあて、モグラを手伝いにいくかな」

老僧は、四人のかたまりから一歩抜け出すと、すたすた歩きだした。

「ちょ、ちょっとお上人さま。今のこの娘の話を聞いておられませなんだか」

「聞いておったよ」

千紗はため息をつき、

「みんな金の亡者ばっかり。――私は、皆さんの夕餉《ゆうげ》の支度でもしておくわ」

そう言うと肩を落とし、ひとり、皆とは逆さまの方角に向かっていった。

「お上人さま、かわいそうやおまへんか」

彦七がとがめると、

「貴様、わしがなにをしにこの島へ来たと思うておるのじゃ。カッカッカッカッカッ……」

老人の高笑いが島の空にこだました。

◇

「こいつを見てくれ」

海岸から森を抜けると、いきなり広大な平地が広がっていた。権兵衛は自慢そうにその広っぱを示した。あちこちに大きな穴が開いており、まるで大地の痘痕《あばた》のようだ。そういう穴が、見渡せる範囲におよそ四十ほどある。これらがすべて、モグラの権兵衛の過去十年間の「成果」なのだろう。

「今、あそこの穴を掘っとる。さあ、行こう」

彼の指さしたところには、幅十五間《けん》ほどの掘りかけの穴があり、そのうえにはしっかりした足場が組まれている。足場から海岸に向けて、木製の巨大な樋《とい》がやや斜めに伸びていた。樋のうえには、岩や土などが積み上げられている。

「掘りだした土や瓦礫《がれき》を釣瓶《つるべ》で引きあげて、あの樋に載せる。溜《た》まってくると、それを手押し棒を取り付けた幅広の板で海岸まで押していく。樋のさきは崖だから、土砂は全部海に落ちる……という寸法じゃ。どうじゃ、すごいだろう」

「この仕組み、おまえさんが考えなすったのか」

老僧がきくと、権兵衛は誇らしげに、

「ひとりで掘っとると、こうでもしないと、掘りだした土に埋まってしまうわあ。あんたらが来てくれたから、仕事もはかどるじゃろう」

彦七が、

「ひえー、見かけによらず知恵者やなあ。けど、あれだけぎょうさんの穴から出た土を十年間、海にほかしてきたんやろ。海の底が浅なったんとちがうか」

「はっはっはっ、ここいらの海は深いし、流れも急だ。どんどん流れていってしまうが」

「われらは、どうすればいいのだ」

「そうだな。あんたとあんたはわいといっしょに穴の底に降りてくれ」

権兵衛は腐乱坊と彦七を指名した。

「爺さんは……そうだな、申しわけないが、掘りだした土をでかい桶《おけ》に入れるから、それを釣瓶でひっぱりあげてくれ。大きな滑車をつけてあるから、それほど力はいらんと思うが……」

「お上人さま、それはおやめになられたほうが……」

　腐乱坊がそう言ったが、

「あなどるな。わしの力はまだまだ若いもんには負けんぞ。その桶の土を、樋に移せばよいのかな」

「それはカラクリ仕掛けでひとりでに樋に落ちるようになってるんじゃ。あんたはただ、ひっぱればいいだけや」

「たいしたもんじゃ。その知恵と技をほかのことに活かせば……」

「なんか言いよったかね、爺さん」

「いや、なんでもないぞ」

　そう言うと、老僧は桶に入った土を指で触り、なにやら仔細《しさい》らしく独り合点した。そのとき、

「もし、お坊さま……」

　千紗が小走りに近寄ってきた。

「お坊さまにお客人よ」

「わしに……?」

「お坊さまのお名前は長音上人《ちょうおん》とおっしゃるのでしょう。さっき、お武家さまがひとり、小舟でお着きになって、この島に長音上人さまの御一行がおられるはずじゃ、そこへ案内してくれ、と言われて……」

腐乱坊がさっと顔色を変え、

「で、案内したのか」

「い、いけませんでしたか。三人連れで身なりもこうこう、とおっしゃられたので……」

「その武家はどこにおる」

腐乱坊が半ば怒鳴るような口調で言ったとき、

「ここでござる」

灌木《かんぼく》を掻《か》き分けるようにして現れたのは柳生十兵衛だった。腐乱坊は、樫の棒を引き寄せて槍《やり》のごとく構え、彦七までもがふところにそっと手を入れた。その緊迫した空気を感じたのか、権兵衛と千紗も蒼白《そうはく》になっている。

「ようやくお会いできましたな。近江ではしてやられましたが、此度はそうは参りませぬぞ」

「わしをどうするつもりじゃ」

「あなたさまは、この世におるはずのないおかた。ならば、正しい居場所にお帰りいただくまで」

「つまり……？」

「この島にて、死んでいただきまする」

十兵衛は刀の鯉口《こいぐち》を切った。権兵衛と千紗は半泣きになって抱き合っている。腐乱坊は老僧をかばうように前に出ると、樫の棒を振りかざした。老僧は、表情を変えることなく、うっすら微笑みさえ浮かべている。

「なにゆえかくも落ち着いておられる。死ぬのが怖くないのか」

「生まれたからにはいつかは死ぬ。これは自然の道理じゃ。それに逆らうことは、たとえ帝でも将軍でも高僧でもできぬ。わしがもしここで死んだとしても、それは秋に山が赤くなり、冬に雪が降り、春に花が咲くがごとく、あたりまえのことなのじゃ。死ぬのが怖いといえば、わしは、あたりまえのことを怖がっておることになる」

「なるほど……」

「柳生の小倅《こせがれ》、おまえはひとりで参ったのか」

「船頭は雇いましたが、そのものは、磯の舟で待っております。なぜそのようなことをおたずねになる」

「人数を頼んで、万にひとつのしくじりもないようにことを運ぶのが、柳生家の常ではないのか」

「それは……親父のやりかた、というだけでござる。俺はちがう」

「ふむ、貴様は但馬守とちごうて、すこし骨があるようじゃな。見直したぞ」

「なにを申される。それを言うなら、俺のほうは、治部……長音上人さまに失望いたした」

「ほほう、わしがおまえをがっかりさせるようなことを、なにかやらかしたかのう」

「この島に来られたることじゃ。とどのつまり、上人さまも財宝が欲しいのでござろう。軍用金にするのか栄達のためか、それは存ぜぬが、いずれにしても金は金じゃ。上人さまほどのおかたでも、人並みに欲はあるのか、と思うて、それが残念でござる」

　十兵衛は吐き捨てるように言った。

「ならば、おまえは金はいらぬと申すのか」

「いりませぬ。金など汚らわしいかぎり」

「おまえは貧窮を知らぬゆえ、そう申すのも無理はないが、今の世の中は金によって回っておる。これからは武家でも百姓でもなく、金を握った商人が天下を動かすことになろうな。わしやおまえのような昔ものは、生きにくうなる」

「同類のように申されては迷惑にござる」

「ちいと待ってください」

今まで黙っていた権兵衛が、たまりかねたように口を出した。

「お侍さま、あなたさまは金は汚らわしいとおっしゃいますが、金さえあればなんでもできるんとちがいますか。食いもんでも着るもんでも布団でも家でも舟でも馬でも刀でも……」

十兵衛は、権兵衛を見据えると、

「だが、この世でいちばん大事なものは金では買えまい」

「それはなんのことなん」

「そう……たとえばひとの心じゃ」

「買えるわ、ひとの心でも。目のまえに千両箱を積まれたら、だれだって気持ちを変えるでしょう」

「それは、心を買ったことにはならん」

「同じことじゃ。わいは、生まれてからずっと貧乏のどん底を這《は》いまわってきた。だから、金持ちになって、なにか大きな、すごいことをしてみたい。これまでわいを見下してきたやつらの心を、金で変えてやりたいんじゃ。逆し丸だって、きっとそういう思いで、財宝を集めとったんじゃ。わいは逆し丸の跡を継ぐんじゃ」

老僧が若干の皮肉さが感じられる口調で、

「権兵衛、それほど金が好きかな」

「好きじゃ。逆し丸と同じだけ」

「わしはそうは思わん。逆し丸はほんとうに金が好きだったのかな」

「好きやったに決まっとるじゃないですか。日本中の宝を集めるつもりだったんじゃけえ。それを独り占めにして、ぽっくり死んでしまった……金の亡者、日本一の胴欲ものだわ」

「わしが思うに、宝のありかは、あの滝の近くじゃよ」

突然、老僧は千紗滝を唐傘の先で指した。

「ど、どうしてそう思うんか」

権兵衛が食いついた。

「わからぬか。おまえが持っていた紙の文句じゃ。

おたからはいづこにもなし●
ちかくもとほくもさがすなよ●
さがさねばそこにありさがさば●
たからは●
きへてなくなるぞ

ほれ、汚れのところで切って頭の字をつなげたら、『おちさたき』となるじゃろ。さ、行ってみようか。——柳生の小伜よ、おまえも来るか」

十兵衛は、苦虫を嚙みつぶしたような顔で刀から手を外した。千紗は、唇を引き結んで老僧をにらみつけているが、老僧はあいかわらず飄々として、気に留める様子もない。

◇

滝壺《たきつぼ》はさほど深くなく、水も澄んでいるので、底まで見渡せる。

「見たところ、滝壺にはなにもなさそうじゃな。とすると……」

老僧は、彦七になにごとか耳打ちした。彦七は、

「よろしおます」

そう言うと、身軽に滝壺の縁を渡り、滝の裏側に入っていった。しばらくすると、彼はずぶ濡《ぬ》れで現れた。両手で、千両箱のようなものを捧《ささ》げ持っている。

「滝の裏に洞窟がおましてな、そこにあったんやけど……宝が入ってるにしては、えらい軽おまっせ」

彦七がその木箱を地面におろすやいなや、

「どけ！」

権兵衛が彼を突き飛ばし、

「これはわいのもんだ」

唾を飛ばしながらそう言って、木箱の蓋に手をかけたとき、

「――待て！」

背後の森のどこかからか、声がかかった。

「その宝、こちらに渡してもらおう」

老僧はうなずき、

「柳生の小倅よ、おまえの仲間が来たようじゃな」

「ちがう……俺はだれにも頼んではおらぬ」

森のなかから十名ほどの侍が現れた。その先頭には、股に包帯を巻いた忍びのものたち十二名が立っている。

「来るな、と申したのに……馬鹿どもめ」

十兵衛は嘆息したあと、侍たちに向かって、

「池田家の家中のかたがたでござるか」

だれも返事をしない。

「これは、それがしとこの老人との勝負でござる。かまえて手出し無用。どうか、お引き取りくだされ」

「そうは参らぬ」

恰幅《かっぷく》のいい中年の侍が進みでると、

「お手前の父君より当家の主《あるじ》に、内々の依頼があったのだ。ひとつはその老人一行をかならず消しさること。もうひとつはこの島を掘りかえし、財宝があれば公儀へ納めること」

「御貴殿は、この老人がなにものか、ご存じか」

「知らぬ。知りたいとも思わぬ。われらは主君の命に従うまで。——十兵衛殿、御加勢申すぞ」

「いらぬ世話焼きはおおきに迷惑」

「迷惑かなにかしらぬが、その老人を仕損じたら当家が取り潰される。——やれ!」

その侍の掛け声とともに、全員が抜刀し、雪崩《なだれ》を打つように老僧たちに殺到した。腐乱坊が、太い樫の杖を縦横に振り回し、当たるをさいわい、つぎつぎと薙《な》ぎ倒していく。十兵衛も、ためらいなく大刀を抜き、侍たちに向かって走りだした。そのまえに、十二名の柳生の忍びたちが立ちはだかった。

「たとえ若でも、大殿の命に従わぬなら、ただではすみませぬぞ」

年嵩《としかさ》の忍びが言った。

「浜でのことを忘れたか。貴様らの腕では、俺には勝てぬ」

「あのときは、相手が若だという遠慮がござった。なれど、此度は……」

「おもしろい」

　十兵衛は三池典太を真横に構えた。忍びたちは左右に走りながら彼との間合いを詰めていく。十兵衛は巨木のように動かぬ。三人の忍びが無言で跳躍し、三方から十兵衛に斬りかかった。十兵衛は、真ん中、左、右の順序で確実に忍びの首筋に刃をふるった。無駄な動きは毛一筋もない。残る九人が十兵衛の周囲を囲んだ。年嵩の忍びが、唇で「ひゅっ」という音を立てたのが合図で、九名が拍《はく》を合わせて一斉に刀を突き出した。今度は十兵衛が跳躍した。それは織り込み済みだったようで、忍びたちも間髪を入れず、あとを追って跳ぶ。空中で十本の白刃がひらめいた。十兵衛が得た手応えは、七つ。まちがいなく七名の身体に刃を叩き込んだ。しかし、その場に倒れたのは九名の忍者全員だった。斬ったおぼえのない、真後ろにいたふたりも転がっている。見ると、道中差しを手にした彦七が、そのふたりのまえにいるではないか。彦七に斬られた忍びのひとりが、傷口を押さえてもがきながら、

「貴様……もしや……大坂方の……」

　そこまで言って、男は絶命した。

◇

　勝負はあっという間だった。侍たちは、腐乱坊に叩きふせられて気絶した。最後のひ

とりが、もはやこれまでと覚悟を決めたか、刀を槍のように腰に構え、老僧に向かって、絶叫とともに突進したが、老僧は急《せ》きもあわてもせず、持っていたボロ傘を開いた。そこには、

大一大万大吉

という紋所が記されていた。突然、傘が開いて虚を突かれ、思わず立ちどまった侍に、老僧はすばやく当て身を食らわせた。

「げえ」

侍は、マグロのように地面に横たわった。彦七は、器用に侍たちを縄でしばり、数珠《じゅず》繋《つな》ぎにした。

「これで、目ぇ覚ましても動かれへんわ」

権兵衛と千紗は、呆然《ぼうぜん》として一部始終を眺めているだけだった。ふたりとも顔に血の気がなく、わなわなと震えている。

「権兵衛よ」

老僧は、優しげに言った。

「その木箱を開いてみよ」

「は、はい……」

権兵衛が消え入りそうな声を出し、おそるおそる箱の蓋をつかんで引っ張ってみたが、鍵が頑丈でびくともしない。

「下がっておれ」

十兵衛が一歩まえに出て、

「ちぇい！」

太刀を一閃《いっせん》させると、鉄の鍵が真っ二つになった。権兵衛が蓋を開けると、そこには一枚の紙が入っていた。彦七が、

「なんや、紙切れだけかいな。――けど、宝のありかの地図かもしれんなあ」

権兵衛はその紙を取りだし、老僧に手渡した。老僧は押し返し、

「あんたが読んでみなされ」

そこには、こう記されていた。

このよにかねはいらぬ
かねがあるから
あらそひごとがおき
ひとのこころがすさむ

「どういうことや！」

叫ぶ権兵衛に、老僧は静かに言った。

「逆し丸は金の亡者でも胴欲でもなかった。それどころか金を憎んでおったのじゃ。逆し丸はなんとかして金のない世の中を作りたかった。金を使うのは人じゃ。人がおらねば、金の値打ちはなくなる。そこで逆し丸は、日本中の金を集めて無人の島に集めたのじゃ。ここならば使うものがおらぬ。金はあってもないに等しい」

「そんなことをせんでも、金はまた鋳《い》ればできるのに……」

「逆し丸は、人よりも銭金が物を言う世を憂いすぎて、考えが凝り固まっておったのじゃろうな」

「けど、その金はどこにあるんじゃ。わいがあんだけ掘っても一文も見つからんかったぞ」

「逆し丸のものの考え方は、世間とは逆しまじゃ。金が欲しいから集めたのではない。使えぬようにするために集めたのじゃ。そういう男が、集めた金銀財宝をどうするか……」

「うう……わからん。教えてくれ」

「おまえが持っていた紙の文句を思い出すがよい。『お宝はいずこにもなし。近くも遠くも探すなよ。探さねばそこにあり。探さば宝は消えてなくなるぞ』……つまり、宝は探すことによってなくなるのじゃ」

「わけがわからんわ」

権兵衛は頭を抱えた。

「わいにもわかりまへん。彦七も、お上人さま、教えとくなはれ」

老僧は微笑みながら、

「わしについてきなさい」

そう言うと、まっすぐに歩きだした。一同が連れてこられたのは、権兵衛の掘りかけていた穴のそばだった。老僧は、千紗に言った。

「わかるかな」

千紗はしばらく穴を見つめていたが、ハッとして、

「も、もしかしたら……」

言いながら、樋に積まれた土や瓦礫を指さした。老僧はうなずくと、

「そういうことじゃ。逆し丸は集めた宝をかまどで焼いたり、溶かしたり、粉々に砕き、土と混ぜてこの島の地中にまんべんなく埋めた。山の頂から黒い煙があがっていた、という言い伝えは、おそらく逆し丸が財宝を焼いたり、溶かしたりしていたときの煙を見間違えたのじゃろう。なぜなら、あの小山は火山ではないからのう」

「じゃあ、わいはずっと宝の混じった土を掘りだして、それを崖からどんどん海に捨てとったというわけか。探せば宝は消えてなくなる……そうか、そうだったんか！」

権兵衛はその場にしゃがみこんだ。

「わしがなぜそれに気づいたかといえば、桶に入った土に砂金のようなものが混じっておったからじゃ」

老僧は、権兵衛の肩を叩き、

「まあ、そうがっかりするな。財宝は手に入らなかったが、おまえはもっと大きなものを得たのじゃ」

「そ、それはいったい……」

「隣を見よ。うれし泣きしておるものがおるじゃろ」

千紗が泣いていた。

「うれしい……宝が見つからなくて……それと、逆し丸が胴欲な金の亡者じゃなくて……」

「権兵衛、おまえの腕と知恵があれば、からくり仕掛けを作る職人としていくらでも生きていけよう。この島を出て、千紗とふたりで暮らすがよい」

権兵衛は下を向いて考えこんでいたが、

「わかりました、お上人さま……いろいろありがとうございました」

そう言って、千紗の手を握った。

「カッカッカッ……これでめでたしめでたしじゃ」

カラスのように高笑いする老僧に向かって、十兵衛が頭を下げた。

「俺は、上人さまに謝らねばならぬ。御一同がこの島に来たのは、軍用金集めのためではなかった。はじめから、この男を救う腹であったのでござろう」

「まあ、そういうことじゃ」

「なれど……」

十兵衛は、顔をしかめながら太刀を抜いた。

「俺の務めは終わっておらぬ」

その言葉が終わらぬうちに、権兵衛が、そこにあった穴掘り用の鋤《すき》で、十兵衛の両脚を思い切り払った。さすがの剣豪も意表をつかれ、真っ逆さまに穴のなかへと落ちていった。

「死んではおらぬか」

老僧は心配げに穴をのぞいた。権兵衛が背後から身を乗り出し、

「だいじょうぶです。釣瓶にぶら下がって、ゆらゆら揺れています。さあ、今のうちに……」

老僧は、口に両手を当てて、

「柳生の小倅よ。縁があったらまた会おうぞ！」

そう叫ぶと、傘を持った腕をふりながら、一目散に海岸目がけて走り出した。腐乱坊と彦七もあとに続いた。権兵衛と千紗が手を振っているかたわらの穴のなかからは、なにかを蹴るような音と、呻き声がいつまでも聞こえていた。

第四話

茶坊主の不信

1

心太《ところてん》が名物だという峠の茶屋をあとにして、山道がくだりになったあたりから、街道に重くのしかかるような妙な気配は一同にも露骨に感じられるようになった。それは早朝の陽光をふさぐぶ厚い雲のせいだけとも思えぬ。

「なんじゃ、唐辛子をすりこんだみたいに肌がひーりひりするわ」

彦七がガリガリと首筋を掻《か》きながら周囲を見回す。

「ここいらを吹く風の塩梅《あんばい》、かなり険《けわ》しゅうござるな」

ふだんは鉄砲の筒先を向けられても動じぬ腐乱坊もきび悪げに目を細め、カラスのようにせわしなくあちこちに首を巡らせている。

「往来のものどもの顔……明日にもこの世が滅ぶるかと怯《おび》える衆生《しゅじょう》のごとくではないか。これは……われらのせいでありましょうかのう、お上人さま」

先頭を行く小柄な老僧はにこやかにかぶりを振り、

「少しはそれもあろうがの、昨今、この界隈《かいわい》は日本で頭《ず》を抜いてきな臭い場所なのじゃ。皆、ひとりがひとつずつ、背に山を背負っておるようではないか」

「たしかに杣人《そまびと》も百姓も商人も、今にも押しつぶされそうな顔つきをしておりますな」

だれひとり、顔を上げて歩いているものはいない。面《おもて》を伏せ、歯を食いしばり、眉根を寄せ、泣きそうな表情を浮かべながら一歩一歩足を引きずるようにしている。

「ひとばかりではないぞ。鳥の鳴く声も木々の枝の擦《こす》れあいも小石が道に跳ねる音も、なにもかも悲しげではないか。目には見えぬが、わしにはわかる。地面には劫火《ごうか》が燃えておる。両脇の樹木の幹には針が植わっておる。池には血が煮えたぎっておる」

「そら、まるで地獄やおまへんか」

老僧は杖《つえ》代わりの唐傘を振ると、

「生き地獄だと申しておるのじゃ。これからわしらが参る天草《あまくさ》の百姓どもは、残らず地獄に堕《お》ちたる亡者も同様の暮らしを強《し》いられておる」

「それがしが耳にしたるところでは、改宗を拒む切支丹《キリシタン》のものどもが領主寺沢堅高《てらさわかたたか》より悪辣な仕置きを受けておるとか」

「切支丹への仕置きはほんのうわべのことじゃ。まことは、前領主の寺沢広高《ひろたか》とその子堅高による苛酷きわまる年貢の取り立てに耐えかねて逃散《ちょうさん》しようとした農民を、見せしめのために殺しておるのよ。――彦七、貴様、蓑《みの》踊りというを存知おるか」

「言葉づらは楽しげでんな」

「年貢を払えぬ百姓に蓑を着せ、火をかけるのよ。熱い熱いと悶《もだ》え苦しむさまが踊りに似たり、というわけじゃ」

「めちゃくちゃですがな。人間のやることとやないわ」

「それだけではないぞ。女こどもを水牢《みずろう》に入れたり、槍《やり》で串刺しにしたり……。天草と同じようなことが島原《しまばら》でも起こっておる。あちらでは、改宗せぬ切支丹を雲仙岳《うんぜんだけ》の火口に突き落としておるとか」

「それで、このあたりの風向きがぴりぴりしてまんのやな。無理もない……無理もないわ」

　彦七がため息をついた。

「天草は元来、二万石ほどの米しか穫《と》れぬ土地なのじゃ。それを前領主が石高《こくだか》を倍ほどに公儀に上申したがため、かかる事態に陥った。それだけの年貢を集めるのは土台むりな話なのじゃわい」

「検地をやりなおせばよいではございませぬか」

「幕府としては一度決めた石高を変えることは認可すまい。それを許せば全国の諸大名がわれもわれもと申し出てこよう。また、再検地を願いでることは、寺沢家がおのれの過ちを認めるも同じ。改易《かいえき》ではすむまいて」

「つまり領主は、まちがった石高算出をもとに、百姓から搾りとりつづけるしかない、と……」

「そういうことになるのう」

「搾りとられる百姓こそ災難でっせ。はなから無理な年貢を取り立てられて、納められなんだら蓑踊り。これは……下手《へた》すると一揆《いっき》になりまっせ」

「わしの見立てでは、もうぎりぎりのところまで来ておるようじゃ。土地のものの顔つきでわかる」

「わいもそう思います」

老僧は足をとめ、昔を懐かしむような目をして、

「天草はかつて切支丹大名の小西行長《こにしゆきなが》の領地であった。島原はこれも切支丹大名有馬晴信《ありまはるのぶ》が治めておった。ゆえにここいらには切支丹が多い。もちろん切支丹は禁制じゃが、寺沢堅高はことさら切支丹を迫害することで、過重なる年貢の負担から目をそらさせようとしておるのであろう。なれど……ここまで来てはそうもいくまいて」

「なんでですのん」

「天草、島原の百姓をまとめ、煽動《せんどう》しておるのは小西行長の家臣だったものどもじゃ。武芸に達者で、兵法に優れ、衆をまとめるに巧みである。いわば戦《いくさ》の請負人じゃ。あやつらが胴をとったからには、一揆は起きるべくして起きるであろう」

彦七はしばらくなにやら考えていたが、ポンと手を叩《たた》き、

「わかった。わかりました。おふたりがこの天草まではるばる旅をしてきはったわけが」

腐乱坊が苦い塩でもなめたように顔をしかめ、

「なにがわかったというのだ」

「へっへっへっ……この彦七のまえで隠し立てはでけまへんでえ。やっぱりわいの眼力に狂いはなかったわ」

小西行長は、豊臣秀吉の恩顧をこうむった武将であり、ドン・アングスチンという洗礼名を持つ切支丹大名として知られている。私財を蓄えず、孤児院やハンセン病の施療院を建てたりと慈善事業に尽くし、同じく切支丹だった高山右近が改易になったとき、秀吉の意に背いてまで彼を小豆島《しょうどしま》にかくまうなど、高潔な人柄であった。また、秀吉の朝鮮出兵の際、無益な戦の収拾を図ろうと講和に努力し、それが秀吉の怒りに触れて切腹を命じられたが、周囲の取りなしで一命を救われた。しかし、秀吉に対する忠義の心は篤《あつ》く、秀吉の死後に起こった関ケ原の戦いにおいても秀頼のもとにはせ参じ、西軍の中心として働いた。加藤清正とは生涯対立していたが、石田三成とはとくに親交が深く、肝胆相照《かんたんあいて》らす間柄であったという。

「大坂方敗北ののち、小西さまは、切支丹の法度《はっと》として自害ができへん、ちゅうて東軍

に捕らえられ、六条河原で斬首されたはずでんな。そのときいっしょに首斬られたのは、安国寺恵瓊《あんこくじえけい》長老と、たしか石田……」

　腐乱坊が目を剝《む》き、

「無礼が過ぎようぞ」

「すんまへん」

　彦七は素直に謝ると、

「けど、おふたりが天草までやってきたのは、小西さまの残党の方々にお会いするためでっしゃろ」

　老僧は微笑《ほほえ》みながら、

「ま、そういうことじゃの」

　腐乱坊はあわてて、

「お上人さま、よろしいのでござりまするか。かかる下郎に大秘事を明かすとは……」

「大事ない。まことのことじゃ」

　彦七はウサギのようにぴょんと跳ねて老僧の正面にまわり、

「心配いりまへん。わいはおふたりの味方でっせ。こう見えても多少の力はおます。お役にたちまっせ。——このときがとうとう来たなあ。これからどえらい戦がはじまるわけや。百姓や切支丹を率いたおふたりの、颯爽《さっそう》とした姿が目に浮かびます。ああ、久しぶりに腕が鳴るわ」

彦七はそう言いながらおのれの二の腕をぺしぺし叩いた。

「なにを勘違いしておる。われらはそのようなつもりで当地に参ったのではないぞ」

迷惑げに言う腐乱坊に彦七は、「万事心得てます」という風に胸を拳で叩き、

「せやさかい、隠しなはんな、て。わいとおふたり、立場はちがえど目指すところはおなじですがな」

「ちがうと思うがな」

「へっへっへっへっ。わかってま、わかってま」

彦七がにやにや笑いながら後ずさりしたとき、

「どけ！」

荒々しい声がかかった。

「どけ、て、だれに言うとんねん」

振り返った彦七は、ぎょっとして立ちすくんだ。立っていたのは「怪人」とでも呼ぶのがふさわしい、異形の人物であった。髪は、総髪といえば聞こえがよいが伸ばし放題で、ところどころに死んだ蠅《はえ》がからまっている。まるで山に棲《す》む狒狒《ひひ》のようだ。髭《ひげ》も山賊のごとくぼうぼうと生え、その合間からどんぐり眼《まなこ》がのぞく。白目の部分が黄色く濁り、目ヤニが溜《た》まっているにもかかわらず、眼光は、目から火を発しているのではと思

えるほどに鋭い。額から頬、顎にかけて、にきびが潰れたような爛《ただ》れが帯状に広がっている。衣服は襤褸《らんる》というのもおこがましいほどつぎはぎだらけで、あちこちが破れて肌が露出している。いつ風呂に入ったかわからぬほど、全身に垢《あか》がたまっていて、ぷーんと饐《す》えたような臭いをあたりに漂わせている。年齢は不詳だが、四十から五十のあいだではないか、と思われた。

「だれに言うておるかときいたのか。うぬと、そこの坊主ふたりに決まっておろう。——どけ」

「な、なんやねん。おんどれみたいな汚らしい物乞いにえらそうに言われる覚えはないわ。おまえこそどかんかい」

男は目を細めると、パーン！　と腰の大刀の鞘《さや》を叩いた。ただそれだけのことで、周辺の空気がこわばるような迫力があり、彦七は思わず一歩後ずさった。

「こ、こ、怖ないぞ。やるんかい。やるんやったら、やったろやないか」

異人はにやりと笑い、肩で押しのけるようにして、三人のあいだを通りぬけていった。

「こ、こらあ、逃げるんかい。わいはいつでも相手に……」

腐乱坊が彦七の帯をつかんで、引き戻した。

「なにすんねん。ああいうやつをのさばらしとくと、道中する旅人が難儀する。せやさかい、わいが……」

「やめておけ。貴様では歯が立たぬ相手だ。あやつの腕や胸を見たか。まるで巌《いわお》ではないか」

「う……」

たしかに男の胸や腕の筋肉は、常人の三倍ほどに発達していた。

「それに、あの刀……野太刀にしても太い。あれを使いこなしておるとすれば、ただものではなかろう。だいたい、彼奴《きゃっ》の身体《からだ》から発していた『気』は、人間のものではない。けだものそれであったぞ。この腐乱坊とて、立ち合《お》うたら勝てぬ相手だ。忍びの腕ごときではとうてい勝ち目はない。——お上人さま、あやつ、なにものでござりましょう」

彦七がふてくされたように、

「あんな薄汚いやつ見たことない。物もらいに落ちぶれた食い詰め牢人《ろうにん》に決まってまんがな」

老僧は真顔で、

「あの男がだれかわからなんだのか。剣魔《けんま》じゃよ」

「剣魔……？」

「新免武蔵《しんめんたけぞう》……今は宮本武蔵とか名乗っておるやつじゃ」

その名に聞き覚えがあった腐乱坊と彦七は、凍りついたような顔つきで、男が去った方角を見た。宮本武蔵は天下に名を轟《とどろ》かせる武芸者である。十三歳のとき有馬喜兵衛という新当流の使い手と戦って勝利して以来、佐々木小次郎を巌流島で破るまで、六十余度の真剣勝負において負け知らずという戦歴を誇る。二天一流という、二刀を使う独自の剣法を編みだし、柳生新陰流免許皆伝だった渡辺幸庵《わたなべこうあん》という同時代の人物に「武蔵は（自分の師の）柳生但馬守よりずっと強い」と言わしめたほどの強さを誇っていたが、剣客としては恵まれず、柳生但馬守や小野次郎右衛門などが将軍家指南役として立身したにもかかわらず、武蔵は各地の大名家に客分として招かれることはあっても高禄《こうろく》で取り立てられることはなかった。髪をくしけずらず、風呂に入ったり水浴びをしたりもせず、着の身着のままの放浪の生活を常としていた。このとき五十三歳である。

「ううむ……あれが武蔵……」

腐乱坊は行逢神《ゆきあいがみ》にでも出会ったような顔になり、

「危ないところでござったな。下手すると斬られておったところだわい」

そう言って太い息をもらした。老僧はしみじみした語調で、

「あやつもわし同様、今の世に合わぬ昔ものじゃ。いずれは消える運命《さだめ》にある。柳生宗矩《むねのり》のように、政《まつりごと》の大局を見ることのできるものが求められておる。剣の腕さえあればよい、勝負は勝てばよい、というだけでは、いずれの大名も扱いに困るのであろう」

「かかる地になにをしに参ったのでござりましょう」

「やつはけだものじゃといううたであろう。けだものは血の匂いのするところへ集まるものじゃ」

「では、ここに一揆が起こると察して……」

「一揆ではすむまい。大きな戦になろうぞ」

彦七は訳知り顔で、

「おふたりもそれを願《ねご》うてはる、いや、みずから起こすおつもりだっしゃろ。及ばずながらこの彦七もお手伝いいたしまっせ」

「いらぬお世話じゃ。――参ろうかの」

老僧は唐傘を肩に担うと、すたすた歩きだした。そろそろふもとが見えはじめたころ、

「お上人さま、あれをご覧あれ」

腐乱坊が指さしたところに、関所があった。きちんとした建物があるわけではなく、急拵《きゅうごしら》えのようであるが、関役人が七、八名と足軽や中間《ちゅうげん》など十数名が、槍や刺股《さすまた》などでいかめしく武装してものものしい雰囲気である。公儀の番所ではなく、いわゆる口留《くちどめ》番所のようだ。

「ふむ……切支丹や一揆の出入りを咎《とが》めておるのかな」

「困りましたな。手形はありますが、それを見せたところでおいそれとは通してもらえますまい」

「と申して、今さら後戻りもできまい。かえって目立つわい」

すでに番士のひとりが彼らを見つけて、こっちへ来いと手招きをしている。やむなく三人が関所のなかへ通ると、番頭《ばんがしら》のまえに引きだされた。

「手形を見せよ」

腐乱坊が三人分の往来手形と関所手形を差し出すと、番頭はちらと目を走らせ、

「出羽国《でわのくに》久保田帰命寺の主僧長音とその伴僧腐乱、奉公人彦七の三名だな」

「さようにござりまする」

「切支丹ではあるまいな」

「滅相もございませぬ。われら、仏に仕える身にござりますれば……」

「ならば……」

番頭は手下に命じて、一枚の板を腐乱坊の足もとに置かせた。

「絵踏みをいたせ」

その板には幼子《おさなご》を抱く異国の女性が彫刻されており、その胸もとにはクルスが見てとれた。サンタマリアという切支丹の神だ。腐乱坊はためらった。いくら異教の神とはいえ、足で踏みつけにするというのはばかりがある。

「どうした。踏めぬのか」

すると、老僧がうしろから進みでて、

「まずはわしがやりましょう」

そう言うと、マリアの顔を思いきり踏みにじった。それを見た腐乱坊も意を決し、かかとでサンタマリアをぐにぐにと蹂躙《じゅうりん》した。彦七にいたっては、板のうえで跳びはねるしまつであった。

「わかったわかった、もうよい。切支丹でないことはようわかった。これ、板が割れる。やめいと申すに」

番頭の制止でようやく彦七は跳躍をやめた。腐乱坊が一礼し、

「疑い晴れたるうえからは、通行してよろしゅうございまするな」

そう言って、行き過ぎようとしたが、

「待て」

「まだ、なにか」

「じつはさる筋より、豊臣の残党三人、当地に潜入し、牢人どもと呼応して、畏《おそ》れ多くも御公儀に対し弓引かんとの企《たくら》みありという報《しら》せあり。よって、その詮議もせねばあいならぬ」

「お勤めご苦労さまにござります」

「その三名のうち二名は僧形、残る一名は町人体《てい》とのことだ。見たところ、貴様らと合致しておる」

「たまさかそうなっただけ。迷惑至極に存ずる」

「腐乱とやら、そのほうの言葉づかい、やけに武張《ぶば》っておるようだの」

腐乱坊は狼狽《ろうばい》した。

「そ、それはでござる……それがし、僧籍なれど幼少のころより武辺《ぶへん》を好み、お侍の口《くち》真似《まね》などしておるうちに、かくのごとくなり果て申したる次第にて……」

番頭は部下に向かって、

「怪しいやつらじゃ。引っ捕らえて口を割らせよ」

番士たちが三人を取り囲んだ。そのうちのひとりが老僧に手をかけようとしたとき、

「無礼もの、下がりおれ！」

関が震えるほどの大喝であった。腐乱坊は自分が怒鳴ったのかと思ったが、もちろんそうではない。その声は隣室から聞こえてきたのだ。

「天下一の武芸者を無宿人扱いとは、ぬしらの目はどこについておる。わしは、豊前小《ぶぜんこ》倉《くら》十五万石小笠原家の客分にして、同家家老職宮本伊織《いおり》の義父宮本武蔵政名《まさな》なり。これ、一点の疑いもあるべからず」

「言い分笑止なり。忠真《ただざね》公の客分がそのような見苦しき襤褸《ぼろ》をまとうておろうか。また、佐々木巌柳《がんりゆう》を破った宮本武蔵殿の令名は天下に轟いておる。そこもとのような尾羽《おは》打ち枯らした素浪人のはずやあらん。おそらくは武蔵殿の名を騙《かた》る夜盗か、邪教切支丹に与《くみ》

する素破《すっぱ》・乱破《らっぱ》の類であろう」

「夜盗と抜かしたか……」

直後、悲鳴が長く尾を引いた。番士たちは皆、手に手に武器をつかみ、隣室に走った。

入室した途端、先頭の二名がほぼ同時に斬り倒された。いずれも頭頂から鼻梁《びりょう》のあたりまでをアケビの実のように断ち割られている。そのあまりの手練《てだれ》に、番頭はあわてて進みでると、その場に平蜘蛛《ひらぐも》のごとく両手をつき、

「これはこれは、まさしく宮本先生と拝察つかまつる。それがし、君主寺沢堅高よりこなる番所の番頭を申しつけられたる横田左門と申すもの。昨今、禁制の切支丹や豊臣家恩顧の牢人どもの往来激しく、当地に不穏なる気配漂いまするゆえ、かくのごとく関を設けて出入りを厳しく詮議しておりました。先生の素性を見誤りしは、まったくもってわが配下の粗忽《そこつ》。平に……平に御寛恕《ごかんじょ》をたまわりたく……」

「ふむ……わしとていたずらにこと荒立てるを好むものではない。心底より謝罪いたさば、このたびだけは許してつかわす。以後、気をつけい」

「お許しいただきありがたく御礼申し上げます」

「ふたりを手にかけたのも、武士を夜盗、乱破と蔑んだゆえ、やむなく斬ったのだ」

「死骸は当方で取り片付けまするゆえ、お捨て置きくだされ。——それ、宮本先生をお送りせぬか」

「よろしい。それではこの宮本武蔵、天草の関をまかり通る！」

五十代とは思えぬ厚い胸板を膨らませ、両手をことさら大きく振り、豪傑然とした態度で武蔵は関所を通過していった。その背中を見送り、安堵《あんど》のため息をもらした横田左門が、そういえばさきほどの坊主どもは、と隣室に戻ったときには、三名の姿はどこにも見あたらなかった。

2

（若いな……若すぎる）

柳生十兵衛は目のまえでにこにこと笑っている人物を見て、そう思った。年格好のことではない。大名として、内面が未熟だと感じたのだ。ここは、肥前国《ひぜんのくに》松浦《まつら》郡、唐津《からつ》湾《わん》を見おろす満島山《まんとうさん》にそびえる唐津城本丸の一室で、対面しているのは城主寺沢堅高である。堅高は当年二十八歳。父広高が四年まえに死去して以来、肥前国唐津、筑前国《ちくぜんのくに》怡土《いと》郡、そして肥後国天草の領主となった。普段はこの唐津城に住まいし、天草は富岡城に城代を置いて、統治に当たらせている。父広高は、領民に苛税を課し、領内の切支丹を厳しく弾圧したことで知られているが、文禄《ぶんろく》・慶長《けいちょう》の役においてはかなりの戦果をあげている。しかし、その息子はただの凡庸な男のようであった。十兵衛がなにをたずねても、打てば響くような答はひとつとして戻ってこないうえ、顔はつねに仮面のごとき笑みに覆われ、本心を明かさない。とりあえず笑っていれば、そのうち十兵衛があきらめて立ち去るだろう……そんな腹がうかがえた。

「……ゆえに、そのものどもは御領内に潜む小西家の牢人どもと相通じ、年貢にあえぐ百姓を煽動して、謀反《むほん》を起こさんとしておるのでござる。彼らが当地に入り、小西の残党と接することを許しては、天草の地が天下騒乱の火種ともなりましょう。彼《か》の連中は、豊臣家再興を図る勢力にとってはかっこうの旗印となりまする」

「さようか」

「そうなったら、御当家もただでは済みませぬぞ。謀反を防げなかった罰として、どのような咎めを受けるやもしれず……」

「さようか」

「怖れながら、この城に籠もっておいでゆえお耳に届いておらぬやもしれませぬが、天草のあたりではまさに一触即発の気配が漂っておりまする。今日にも火の手があがってもおかしくはない。そうなってからでは遅うござるぞ」

寺沢堅高は小指で耳をぱりぱりと掻《か》き、

「そのほうの指図のとおり、街道の要所や峠には番所を置いて、ひとの出入りを厳しくあらためておる。このうえまだなにをせよと申すのじゃ」

「されば……」

十兵衛は膝を進め、

「――年貢の減免と禁教令の緩和にござる」

「なに……？」

寺沢堅高は、はじめてやや気色ばんだ表情をみせ、

「そのようなことをしてなにになろうぞ」

「この十兵衛の調べでは、天草においては苛斂《かれん》誅求《ちゅうきゅう》なる年貢取り立てにより領民の心が御当家より離反しており申す。豊臣の残党どもは、そこにつけ込もうとしておるのでござる。年貢を減免いたさば、百姓どもも領主を敬う心を取り戻し、一揆の火種も消えましょう。また、切支丹はたしかに他国の教えなれど、当地では小西家支配のころよりこれを信ずるもの甚だ多く、総勢数千とも聞く。同じく一揆の火種ある島原の切支丹と呼応いたさば、あなどれぬ数となる。聞けば、御当家は切支丹に重き刑罰を与えているとか。なにごとも飴《あめ》と鞭《むち》と申しまする。百姓や切支丹の負担を軽くするほかに、即効の妙薬はござりますまい。それがおわかりになられぬか」

堅高の顔から笑みが消えた。

「なるほど、近年は日照りが続き、掟《おきて》どおりに年貢を納めるのは難しかろう。少しぐらいなら待ってやらぬこともない。なれど十兵衛……」

唐津城の主は身を乗りだすと、

「切支丹は邪教なり！」

甲高い声でそう叫んだ。

「パードレとか申す耶蘇《ヤソ》教会の連中は、わが国を異国の領土にせんと企む悪魔の手先じゃわ。その舌に惑わされ、魂を悪魔に売り渡した売国奴どもが増え広がることこそ天下の一大事。彼奴らは、わが国本来の神仏をののしり、寺社を破壊し、牛馬の肉を食らい、人間を奴隷として売り買いする。切支丹を根絶せぬと、この国の土台が揺らごうぞ。――これは、余の考えにあらず。畏れおおくも東照神君家康公、二代秀忠公、御当代家光公による国策なり。臣下としてそれに従わざるは不忠の極みである。――ちがうか、十兵衛」

一息にまくしたてた。「切支丹」の一語に反応して、このにこにこ男のなかのなにかが喚起されたようだ。しかも、理屈が通っているので、ちがう、とは応えられぬ。

「邪《よこしま》な教えはこの世に災厄をもたらす。切支丹撲滅は国の急務じゃ。禁教令を緩和するなど、ありえぬ話ではないか。余は、わが領内から切支丹が一人もいなくなるまで、ひたすら転ばせ続けようぞ。天草の百姓はほとんどが切支丹信徒じゃ。年貢を厳しく取り立てこそすれ、減免などありえぬわ。――十兵衛、そのほうにおもしろきものを見せてつかわす」

「おもしろきもの……？」

寺沢堅高は笑顔で立ち上がると、十兵衛を別室にいざなった。そこは本丸の北側に面した部屋で、窓から湾が見おろせる。石垣が海に張りだしているのだ。

「見よ、十兵衛」

城主が扇で指し示したところに視線を向けると、石垣の中途まである石段に十名ほどの農民がヤモリのように貼りついているのが小さく見えた。目を凝らすと、後ろ手に縛られたうえ、紐《ひも》で一列にくくられているのがわかる。すぐうしろに、槍を持った侍が三名立っている。

「あのものどもは、天草から連れてきた切支丹じゃ。はじめは爪を剝ぎ、顔の皮を剝ぎ、水牢に幾日も漬け、石を抱かせ、鋸《のこぎり》で首を引き、親や子までも拷問してみせたが、それでもなお転びを拒んだゆえ、見せしめとして『落とす』のじゃ」

「落とす？　落とすとは……」

堅高はそれには応えず、そばに控えていた小姓に、

「打て」

と命じた。小姓は、かたわらにある太鼓を大きく三度、どーん、どーん、どーんと叩いた。それと同時に、侍たちが農民を槍でうしろから突いた。農民たちは崖から小石が落ちていくように、バラバラと海へ墜落していった。ひとりだけ、槍をかわして石段を

駆けあがったものがいた。長槍が邪魔をして、侍たちはすぐにあとを追えずにいる。そのうちに、逃げた男は石垣のうえにたどりついた。

「あれを……」

その一言で、小姓は堅高に火縄銃を手渡した。煙のジジとあがる火縄にふっと息を吹きかけると、城主はほほえんだまま、男の背中目がけて引き金を引いた。室内に火薬の臭いがたちこめた。農民は、前回りに一回転しながら真っ逆さまに落ちていった。

「なんという非道なことをなされる」

思わず十兵衛はそう叫んだ。

「非道……？　余は国策に従うておるまでのこと。難じられるおぼえはない」

「心がお痛みにはなられぬのか」

「切支丹は虫けら同様じゃ。虫を殺してもなんで心が痛もうか。十兵衛、そのほうは武芸をもってお上に奉公しておる家柄じゃ。柳生の嫡男が人殺しを誹《そし》るとは笑止であろう」

どうやらこの男は、凡庸なだけではなく、偏執の性質もあるようだ。しかし……。

（なぜ、ここまで切支丹を憎む……）

たしかに慶長十八年、二代将軍秀忠が全国に公布した禁教令によって、表面的には切支丹は禁止されたが、実際には多くの地域でまだ容認されていたといっていい。この時期、その地を支配する大名やその家臣の考えかたによって対応はまちまちで、追放されたはずのパードレが住民の手でかくまわれ、毎夜、大勢の信者を集めていた土地もあるようだ。ことに、住民のほとんどが切支丹であるような土地では、全員を「転ばせる」ことなどほとんど現実味がなかった。幕府が今回、十兵衛に与えた任務も、小西行長の残党が切支丹勢力と結託し、「生きていた」石田三成を先頭に押し立てて謀反を起こすのを警戒してのことであり、切支丹の掃討を求めているわけではない。十兵衛には、寺沢堅高の切支丹への憎悪の念は異常に思えた。

「ところで十兵衛」

火縄銃を握りしめたまま、堅高はにこやかな顔を十兵衛に向け、

「天草に『神の子』がおるそうじゃ。ぜひ一度、会うてみたいものよのう」

3

宇土《うと》半島の海沿いをひたすら歩き、夜に入って、老僧一行はようよう大矢野島にたどりついた。このあたりは海岸から続く岩だらけで、山も多く、田畑に割ける土地がほとんどない。半農半漁の貧しい家が黒い影を砂地に落とすなかを、月明かりをたよりに進む。

「お上人さま、まだでっか」

彦七がこの日八度目の弱音を吐いた。

「もうじきじゃ」

先頭に立つ老僧が振り返らずに応えた。

「もうじきもうじきて、もう何べんも聞いてまっせ。ええかげんにしとくなはれ。脚が棒ですわ。あんたみたいな年寄りはよろしいけど、わいら若いもんはたまらんがな」

逆さまである。腐乱坊が苦笑いしながら、

「たしかに上人さまの足取りは、今朝から今までまったくゆるまぬ。健脚……いや、鉄の脚でござるなあ。さすがのそれがしも、さきほどから右脚がいかく痛んでまいりました」

「カッカッカッカッ。だらしないことじゃのう。わしのほうが達者とはどういうことじゃ」

彦七が泣きそうな顔で、

「すんまへん。わいも脚が自慢のつもりでしたんやが、もう一歩も歩めまへん。どこまで行かなあかんのか教えとくなはれ」

「それがのう……わしにもわからん」

「はあ？　冗談《てんごう》も休み休みにしなはれや。わいらがあんたのおいどに金魚のふんみたいにくっついてきたのは、お上人さまが行き先を知ってると思やこそ……」

彦七はその場にしゃがみこんでしまった。

「カッカッカッ、心配いたすな。行き先は知らぬが、迎えが来る手はずになっておるのじゃ」

腐乱坊が油断なく暗闇に目を走らせ、

「そのお迎えとやらが参ったようでござる」

漆黒のなかから生えたように、彼らのまえにひとりの男が立っていた。身なりは農民のようだが、頬から首にかけて深い刀傷があり、また、その肩幅の広さ、胸板の分厚さは真摯に武芸を鍛錬した経験を物語っていた。

「治部少殿、お久しゅうござりまする」

「松右衛門か、久しいのう」

松右衛門と呼ばれた壮年の男は、目に涙を浮かべている。

「御存命と、さる筋よりうかがったるときは耳を疑い申したが、かく間近に御尊顔を拝することができようとは……」

「なにもかもが夢であったかのようじゃのう」

老僧も遠い目をした。

「遠路はるばるかたじけのうござります。今から、この村の庄屋の家に案内いたしましよう」

「悪路続きでいささかくたびれた。風呂でもいただこうかな」

「それがその……お疲れのところを恐縮でござるが、この村をはじめ近隣の主だったる百姓衆、また、それがし同様小西家に仕えておった牢人数名が昨夜から寄りあい、治部殿の御到着を鶴首《かくしゅ》して待っており申す。まずは皆のもの、治部殿に拝謁のうえ御挨拶をさせていただきとう存じまするが……」

腐乱坊が太い眉を上げて進みでると、

「上人さまが疲憊《ひはい》しておいでなのがわからぬか。しばしの休息ののち、御一同にはお目にかかるであろう」

松右衛門は老僧に、

「こちらのおかたは……？」

「これなるはわが弟子腐乱坊、こちらにおるはわが従者にて……」

「彦七と申す剽軽《ひょうきん》ものでございます。よろしくお見知りおきを」

彦七はぺこりと頭を下げた。松右衛門が不審そうにふたりを見つめるのに気づき、老僧が言った。

「両名ともわが身内同様ゆえ、なにごとを明かしても大事ないぞ」

「これは失礼いたしました。――腐乱坊殿、皆さまの疲弊は重々承知なれど、われらはもう一刻も待てぬところまで来ておるのです。なにとぞ……なにとぞ……」

「松右衛門は、小西家の足軽頭《がしら》であった男じゃ。腐乱坊、ここは折れてやれ。なんと言うても、わしらはこのために来たのじゃから」

そう言われて、あわてて腐乱坊も頭を下げた。

◇

頭上に巨大な岩盤を置かれているような重苦しさがその部屋を支配していた。じじ……とすすり泣くような音をたてる蠟燭《ろうそく》の炎に、ときおり蛾《が》が身を躍らせる。左右に腐乱坊と彦七をしたがえた老僧が、正面にあぐらをかいている。三人に向かいあって、松右衛門のほか四人の山侍が平伏している。そのうしろには近郷の農民の長たち十数名が、畳に顔をのめりこませるほどこすりつけている。

「ようこそおいでくだされました。われら五名は小西家の旧臣にて、このあたりの百姓の後見役として忠言などを行っておるものにございます。治部少輔殿には千里の道もいとわるることなく、かかる僻地《へきち》まで御老体をお運びいただき、まことにありがたき幸せに存じたてまつる」

「われらが積年の思いに御賛同たまわった由、これに勝る喜びはございませぬ」

「ここにおりまする一同のみならず、多くの同志が、今日は着くか明日は着くかと治部さまの御到着をお待ちいたしておりました」

「これはまさにデウスの与えたもうた天慮にござりまする」

「おお、今こそ天下に豊臣の旗ふたたびひるがえるときじゃ」

五名が口々に言いたてるのを老僧は浮かぬ顔で制し、

「そのことじゃが……皆の衆はなにか思い違いをしておるのではないかな」

一同は顔を見合わせた。松右衛門が、

「思い違い、と申されますと……？」

「わしは、そなたたちの先頭に立って一揆を起こそうだの徳川に刃向かおうだのと思うてここに来たわけではない。逆さまじゃ」

「逆さま……」

「わしは、そなたたちの短慮をたしなめに参ったのよ。なるほど、今、戦を起こせば、はじめのうちは勝つやもしれぬ。幕府のやりかたに不満足な九州の諸大名が味方をするやもしれぬ。なれど、もはや天下の趨勢《すうせい》は徳川にあり。多勢に無勢じゃ。所詮は負け戦となろう」

この言葉には五名の武士だけでなく、彦七も口をあんぐりと開けた。松右衛門は膝を進め、

「たとい負け戦となろうとも構いませぬ。小西家旧臣の意気ここにあり、と天下に知ら

しめることができれば、死んでも本望でござる。どうせわれらこの先、仕官の道もなく、このまま朽ち果てるならば潔く、公儀に一矢報《いっし》いてから死にとうござる」

ほかの四名もうなずいた。

「それが短慮と申すのじゃ。武士は皆、たやすく死ぬ死ぬと口にする。そのほうら武士はそれでよいかもしれぬが、大勢の百姓が巻き込まれよう。徳川だ豊臣だといったつまらぬ争いごとのために、民草《たみくさ》を殺してはなるまい」

「徳川と豊臣の争いはつまらぬことと申さるるか」

「左様。人の命ほど重きものはこの世になかろう。曲がりなりにもようよう鎮まった天下をふたたび戦乱に引き戻すのが短慮でないといえようか。無数の百姓町人が迷惑をこうむり、女こどもが涙を流そうぞ」

「な、なれど、このままではこの地の百姓どもは生きてゆけませぬぞ。寺沢・松倉の両家による苛税は凄《すさ》まじく、このたびの凶作にも年貢の減免は認められず、女衒《ぜげん》に娘を売り、人買いに子を売らねばならぬもの多く、天草・島原はさながら生き地獄の様相にて、われらとてことを起こすを喜ぶものではござらぬが、あまりの悪政に一揆を決意したのでござる」

「それはようわかっておる。ここに至るまでにつぶさに見聞してまいった」

「そのうえ、当地の百姓衆のほとんどは切支丹でござる。とくに領主寺沢堅高の切支丹への迫害は尋常ならず、たとえ乱を起こさずとも、ゆくゆくは転ぶか死ぬかを選ばざるをえぬことになりましょう」

　ひとりの農民がうしろから、

「わしら、転ぶぐらいなら死ぬと」

「わしもばい。うっ死《ち》ぬのは怖くなか。転んで天国《ぱらいそ》に行けぬほうがずっと怖かと」

「デウスさまのためにうっ死ぬなら本望ばい」

　松右衛門は一同を見渡すと、涙を拭き、

「皆、かように申すものばかりでございます。死を怖れるものはこの場にはおりませぬ。また、われら小西家の旧臣だけでなく、改易された佐々成政《さつさなりまさ》、加藤忠広ゆかりの牢人どもも動きをともにする約定ができております。刀槍《とうそう》、弓矢、甲冑《かっちゅう》、火縄銃、火薬の備蓄もございます。どうか……どうかわれらに御助力くだされませ」

　そう言って頭を下げた。ほかの全員が彼にならった。老僧は困惑した顔つきで、

「わしが参ったのは、一揆を起こさずになんとか皆を救うすべをさぐらんためであったが……」

　彦七が横合いから、

「お上人さま、みんなもこない言うてまんねん。ここはひとつ、ぶわーっと派手に騒動を起こして、お上に一泡吹かせてやりましょうな。不肖彦七もお手伝いしまっせ」

腐乱坊が怖い顔で、

「貴様は黙っておれ！」

「へい……」

そのとき、入り口の戸が激しく叩かれた。松右衛門たちの表情がさっと引き締まった。

「だれだ……」

「信兵衛でございます」

松右衛門は顔をゆるめると、老僧に向かって、

「われらの手の内の素破にて、役に立つものでござる」

目のぎょろりとした貧相な小男が入ってきて、すぐに戸を閉めた。顔面に血の気がなく、唇が震えている。

「いかがした、信兵衛」

「唐津城に連れ行かれたる信徒十名、本日、海に落とされ……昇天いたしました」

「なんと……！」

「そのうち一名は、領主寺沢に火縄銃にて撃たれ……」

「おお……サンタマリア……」

「あの男は悪魔《じゆすへる》のごたる」

おめき叫ぶもの、畳を叩いて号泣するもの、ロザリオを高々と挙げて祈禱文《きとうもん》を唱える

もの……室内はたちまち愁嘆に満ちた。

「もう黙っておれんばい。やるしかなかと！」

「悪魔を倒すばい」

皆、つぎつぎと立ち上がった。

「武器蔵に行くと」

「まずは代官屋敷に押しかけるばい」

「代官の林の首ば獲《と》るばい」

「ま、待て。早まるでない。落ち着かぬか」

老僧も立ち上がり、両手を広げて一同をとどめようとした。腐乱坊も太い樫《かし》の杖を横にして、家から出て行こうとする農民を金剛力でさえぎった。

「治部殿、そこをおどきくだされ。もはやわれらを制止することはだれにもでき申さぬ」

松右衛門は叫んだが、老僧は彼の両肩に手をかけ、

「そのほうらが死ぬるのをみすみす見逃すわけにはいかぬ。どうしてもことを起こすというならば、わしを刺してからにせよ。勝つ見こみが一分もない戦はせぬのが兵法じゃ。軽挙妄動は慎むべし」

老僧の息もあがっている。

「治部殿……われらは負けませぬぞ」

「いや、負ける」

「負けませぬ。それは、すでに決したことなのでござります」

松右衛門の声は落ち着きを取り戻していた。

「デウスとやらの加護があるゆえか」

「われらのたばねをしておるおかたが、さよう預言しておるのでござる」

「なに？　そのほうがたばねではないのか。そのものはこのなかにおるのか」

「いえ……この近くの仮屋に潜んでおりますする」

「なぜ、これへ参らぬ」

「そのおかたは神の子にて、軽々しくひとまえにはお出ましになられませぬ。寺沢家家中に見つかっては一大事ゆえ、隠れ家にかくまい、同志のものが代わるがわる世話をしておりまする」

松右衛門の話では、それは小西行長の祐筆《ゆうひつ》だった益田甚兵衛という郷士《ごうし》の子で、四郎という十六歳の少年だという。二十数年まえ、当地にいたパードレが、

「二十六年後にひとりの『善人』が現れる。彼は習うことなく諸学問をきわめた神の子である。そのとき、野山に白旗が立ち、ひとびとの頭にクルスが立つ。東西の空に雲が焼け、野山草木が焼失するだろう」

という預言を残した。その「神の子」こそが四郎だというのだ。洗礼名をジェロニモという益田四郎は、五歳で字を書き、習わずして書を読んだという。そのほか、盲人の目を手を触れただけで治した、天草から小島まで海面を歩いた、呼び寄せた鳩が手のうえで卵を産み、そのなかから切支丹の経文が出てきた、など四郎の起こした奇跡は枚挙にいとまがない。また、秋口からしばらく、ほぼ毎日、西の空に「焼けたような不思議な雲」が目撃されており、

「パードレの預言が成就するときが近づいている」

と信徒たちは噂《うわさ》しあっていた。四郎はパードレとして授戒も行っており、彼によって切支丹に改宗したものの数およそ七百人という。その四郎が、

「近々、デウスさまが最後の審判を行う。たとえ僧侶であっても改心して切支丹になればお許しいただけるが、改宗せぬ日本中の異教徒はデウスさまが左脚にて、地獄《いんへるの》に踏みこむであろう」

という預言を行った。

「それゆえ、われらは負けることはありえませぬ。蜂起のときは今をおいてござらぬぞ」

「そのほうらは、その四郎とやらが神の子であると信じておるのじゃな」

「無論でござります。数々の奇跡を目の当たりにしましたゆえ……」

「なれど、海面を歩くとか卵から経文を出すことぐらいならば、忍びのものや幻術使い、手妻師《てづまし》のたぐいでもできよう。――のう、彦七」

彦七はうなずくと、

「そんなこと、タネさえ仕込んどいたら小児でもでけまっせ」

松右衛門は不快げに顔をしかめたが、咳《せき》払いをすると、老僧の耳もとで声を低め、

「四郎さまは……畏れおおくも右大臣秀頼公の御落胤《ごらくいん》との噂もござりまするぞ」

「なに……？」

老僧は目を剝いた。

「そのようなことがありえようか。――わかった、四郎のもとに案内せよ」

腐乱坊が眉をつりあげ、

「こちらから参ることはござりませぬぞ。そのものをここへ呼び寄せればよろしかろう」

松右衛門は静かにかぶりを振り、

「四郎さまは神の御子。お会いなさりたくば、隠れ家まで足をお運びいただくほかござりませぬ」

「よいよい。わしのほうから拝謁に参るとしよう」

老僧は傘を取り上げた。

4

「天草四郎時貞《ときさだ》でござります」

大きな目をした前髪立ての少年は、まだ幼さを残す顔つきながら、目尻がつり上がり、引き結んだ唇が凜《りん》として見えた。分厚い襟のついた衣服に赤い羽織、そのうえからパードレが着るようなマントを羽織っている。左手にはクルスを持ち、右手には切支丹の経文を書いた「聖書」という書物を抱えている。

「わしはそなたとふたりきりで話をしたい」

老僧がそう言うと、松右衛門が血相を変え、

「それはなりませぬ」

四郎は笑みを浮かべ、

「よいではないか。せっかく治部公がはるばる来てくれたのだ。私も誠意で応えよう。そなたたちは外で待っておれ」

松右衛門や腐乱坊たちがしぶしぶその家から出たのを見すまして、老僧は性急にたずねた。

「そなたは『神の子』なのか」

「そのように申すものもおりまする」

「では、ちがうのか」

「私は、益田甚兵衛の倅《せがれ》であり、また、あらゆる人間は老若男女貴賤《きせん》のべつなく天なる神の子であります」

「はぐらかしよるのう。——そなたは、右大臣の落としだねなのか」

「これはまた、あけすけなるおたずねかな。今も申しあげたるとおり、私は益田甚兵衛の子でござります」

老僧はため息をつき、四郎の目をじっと見つめた。

「そなた……なにをたくらんでおる」

「と申されますと」

「つまらん手妻を使《つこ》うて大勢をたぶらかして、一揆をくわだてんとする。なにがのぞみじゃ」

四郎は、逆に老僧を見つめかえした。老僧は、少年の眼力に感心した。この大きな目で見つめられれば、だれでも命まで投げ出そうという気持ちになるだろう。しかも、その両眼は涙にうるんでいた。

「——治部さま！」

四郎はいきなり、その場にガバとひれ伏した。

「な、なんじゃ」

「私に力をお貸しくだされませ。私はただの郷士の小倅。なんの力もございませぬ。奇跡を起こしたとか申しますのも、わが父甚兵衛がパードレから習うた南蛮手妻を見せただけのこと。なれど……なれど……」

四郎は涙と洟《はな》を手で拭い、

「当地の切支丹への、領主寺沢堅高の酷虐なる仕打ちはもう忍辱の境を越えております。私の母も……先年、蓑踊りを踊らされ……」

あとは言葉にならなかった。しばらく慟哭《どうこく》してのち、ふたたび四郎は口を開いた。

「て、て、寺沢は鬼でござる。信仰を捨てるは切支丹にとって死にも等しいこと。このままでは天草・島原の切支丹は皆殺しにされまする。私はそれを看過できませぬ。一揆を起こし、世を乱すは本意にあらねど、やむなきこととお考えくだされませ」

「そのほうの申すこと、いちいちもっともじゃ。ではあるが……たといこの地でひととき の勝利をおさめえても、切支丹禁制は幕府の決めたる国策じゃ。それをくつがえすことは容易ではあるまい。結局は幕軍に攻められ、皆が命を落とすのではないか」

「では……では、私はどうしたらよいのでございましょうか」

「む……」

「とどまっても地獄、動いても地獄。天の声はいまだ聞こえず……大勢の命を背負うには、私の身体は小さすぎまする」

「それで、わしを呼び寄せて背負わせる腹だったのじゃな」

「申しわけございませぬ。治部さまに断られ、もはや万策尽き果てました。お教えくだされませ、私が進むべき道はいずれでありましょう」

老僧が答に窮していると、おもてでだれかの怒鳴る声が聞こえた。

「四郎さまあっ、お逃げくだされませ！」

四郎は凜々《りり》しい顔に戻り、

「松右衛門か、なにごとだ」

「役人が参ります。疾《はや》く……疾く地下道より海岸へ……」

「詳しく申せ」

「たった今、役人五名と配下のもの十名ばかり、庄屋屋敷を急襲し、集《つど》うておった同志のうち残っていた八名のものが、捕縛されて代官所に連行されました。きつい責めに耐えかね、この隠れ家の場所をしゃべるものもおりましょう。おっつけ、役人はここにも参るにちがいありませぬ。一刻も早く、逃れてくだされ」

「神の子は逃げぬ」

「それだけではございませぬ。領主寺沢めが、当地に参っておるそうでございます」

「なんと……」

「寺沢は代官所におりまする。四郎さまを縛《ばく》せんがため、唐津より出張《でば》ってきた様子にて……」

「――わかった。私はこれから代官所へ行く」

「そ、それはなりませぬ！　四郎さまは大事なお身体……」

「捕まった八人の信徒を見殺しにはできぬ。心配いたすな。私にはデウスの加護がある」

四郎はそう言うと、戸をあけようとした。その手を老僧はうしろからつかみ、

「そのほうはここにおれ。――代官所にはわしが行こう」

「なにをおっしゃいます。治部さまこそ大事なお身体にて……」

「わしは治部少輔にあらず。長音上人と申す、ただの坊主じゃ。それに、寺沢とやらいう男には一度対面してみたいと思うておったのよ」

「あのような外道に……なにゆえでござります」

老僧はにこりと笑みながら、

「あまりに切支丹を憎みすぎておる、そのわけを知りたいからじゃ」

◇

「よきところであろう、天草は……。のう、十兵衛」

盃《さかずき》を口に運びながら、寺沢堅高はそう言った。

「亡き父が、関ケ原の戦功で大御所より拝領したのじゃ。土地は痩せておるが、海に囲まれ、このうえなき眺望に恵まれておる。もちろん漁もたつ」

上機嫌である。屈託のない笑顔で、領地の自慢をする堅高はいかにも好人物に見えた。

十兵衛は、すすめられるまま酒を飲みながら、代官所の広間でくつろいでいた。唐津城を遠く離れたここでなら、寺沢堅高の表裏の顔をひとつに重ねることができるのではないか……十兵衛はそう思っていた。

「殿……切支丹を捕らえてまいりました」

代官の報せに、にこやかだった堅高の顔つきが一変した。

「幾人《いくたり》じゃ」

「八名でござります」

「神の子とやらの居所は」

「今から拷問を行い、白状させまする」

「うむ。責めて責めて責めぬくのじゃ。かならず口を割らせい」

堅高はそう言うと盃を干したが、

「いや、待て……。余が直々に責める」

堅高は盃を畳のうえに放ると、小姓から受け取った刀を腰に差し、

「十兵衛、そのほうも参れ」

ふたりは、拷問蔵に向かった。紐でつながれた八名の切支丹がその場に並べられていた。すでに荒々しい扱いを受けたとみえて、顔は紫色に腫れあがり、あちこちに擦り傷や打撲のあとがある。引き据えられた信徒たちに、寺沢堅高は言った。

「神の子四郎はどこに隠れておる。居場所を申せ」

だれも口をきかぬ。

「言わぬと、石抱きじゃ。膝の骨が砕け、二度と立てぬ身体になるぞ。それでもよいのか」

貝のごとく、唇を閉ざしている。堅高のこめかみに稲妻が走った。

「責めよ」

最初に選ばれた男が、三角稜《りょう》の算盤板《そろばんいた》に正座させられた。

「石を乗せい」

ふたりがかりで重石《おもし》を膝に置く。骨がしなる、みしっ、という音がした。残る七名は恐怖に打ち震えながら、その様子を見つめている。

「二枚目を乗せよ」

石が上積みされた。

「どうじゃ、神の子の居所を吐け。そうすれば助けてやるぞ」

堅高の言葉に、男は苦痛に顔をゆがめながら、

「たとい殺されようと、四郎さまを売ることなどできんばい」

「殺されようと、か。よう申したの」

堅高は、小姓から刀を受けとると、ずらりと引き抜いた。

「ぱらいそとやらに行け！」

そう叫んで、真っ向から斬りつけた。皆、その農民が血を噴く姿を心に浮かべ、目を閉じた。しかし、そうはならなかった。堅高が振りおろした刀は中途でとまり、動かなくなっていた。

「十兵衛……なんのまねじゃ」

十兵衛がすばやくまえにまわり、領主の剣を両手で挟んでいたのだ。いわゆる真剣白刃取りである。

「無益な殺生はおやめくだされ」

「おのれ……貴様、大名に意見するか」

十兵衛は無言で腕をひねり、堅高は刀をそこに投げだすはめになった。荒い息をしながら、堅高は吐きすてるように、

「切支丹相手になにをしようと余の勝手じゃ」

「切支丹でも、ひとはひと。あまりにむごい仕打ちがすぎると、領民の心が離れまする

ぞ」

「知ったことか！」

そう叫んで堅高が刀を拾い、その農民を拝みうちにしようとしたとき、拷問蔵の戸がカラリと開き、

「喝《か》ーっ！」

大声一喝、堅高はその場に尻もちをついて無様に倒れた。そこに立っていたのは、こどものように背の低い、白い山羊《やぎ》ひげを生やした老僧であった。左には相撲取りのような巨軀《きょく》の大坊主、右には女形のように優しげな顔立ちの町人が従っている。堅高は、小姓に助けられてようよう立ちあがり、

「な、なんじゃ、無礼なジジイめ！　ここはそのほうらの来るところにあらず。とっとと出てうせい」

老僧はカッカッカッと高笑いすると、槍を構えた侍たちに構わず、ずいと進みでた。その威厳に、代官所の役人たちはひとりも手を動かせなかった。老僧は十兵衛に悪戯《いたずら》っぽく微笑みかけながら、つかつかと寺沢堅高に向かって歩みよった。

「く、く、来るな。来るでない」

「わしは神の子……の名代《みょうだい》じゃ」

「なにをたわけたことを……」

「そのほうが、切支丹をかくも迫害する、そのわけを問いたい」

「切支丹は禁制だからじゃ」

「それだけではあるまい」

老僧は、堅高のすぐそばにまで近寄ると、なにごとか耳打ちした。堅高の顔色は白紙のようになり、全身が瘧《おこり》のごとく震えはじめた。

「今わしが申したことは、デウスの言葉じゃ。さよう心得よ」

堅高はなにも応えず、顔をひきつらせたまま凍りついていた。

「では……さらばじゃ」

老僧とその従者が身をひるがえしてそこから去っても、堅高はまわりに追撃の命をくださなかった。

「殿……殿……！」

代官が幾度問いかけても、かぶりを振るだけで、動こうとしなかった。われに返った十兵衛は、あわてて外に飛び出した。周囲は真の闇である。

（どこだ……どこへ行った。まだ遠くへは行くまい）

焦った十兵衛が暗がりを見通しながら数歩行っては戻り、数歩行っては戻りしているとき、

「柳生十兵衛三厳《みつよし》殿とお見受けいたす」

漆黒のなかから低い声がした。その声を聞いた途端、十兵衛の武芸者としての本能が「危機」を感知した。おぞましい、獣じみた殺気が、声のした方向から驟雨《しゅうう》のごとく大量に降りかかってきたのだ。

「なにもの……」

右足を一歩引きながら、十兵衛は刀の柄《つか》に手をかけた。

「宮本武蔵政名と申す。柳生家にはこれまで幾度となく立ち合いを申しいれたが、そのたびに断られてまいった。かかる地でまみえることができたのは百年目だ。——勝負願いたい」

「お断り申す。それがし、取り込み中でござる。勝負の儀はまた後日に……」

「そうはいかぬ。それがいつもの柳生の手だ。のらりくらりと立ち合いを避ける。此度《こたび》はそうは参らぬぞ」

「それがし、ただいま、ひとを追っておる最中にござる。取り逃がしては天下の大事になる咎人《とがにん》どもにて……」

「またしてものらりくらりと……嘘《うそ》つきめ。うぬはそれでも武芸者か。それでも将軍家指南役の倅か」

「今申したること、すべてまことでござる。宮本殿、勝負はかならず後日つけまするゆえ、本日は……」

「くどい！」

武蔵は抜刀し、斬りかかってきた。凄まじい太刀風だ。闇のなかでもものが見えているとしか思えぬ動きであった。

十兵衛は間一髪でそれを避けたが、身体中の毛穴が総《すべ》て開くほどの戦慄を覚えた。すぐさま体勢を立て直し、新陰流「霞《かすみ》」の構えを取ったが、武蔵はかまわずしゃにむに打ちかかってくる。力任せの無法にみえて、じつは一撃一撃が剣の理にかなっていた。十兵衛は右に左に必死にかわしながら、

（こやつの剣……稽古で会得できるものではない。虎や狼が獲物を屠《ほふ》る技を会得しているように、武蔵も生まれもって相手を食らう術を知っているのだ）

人間は、虎狼には勝てぬ。このままでは食らわれてしまう。そう覚《さと》った十兵衛はしりぞくとみせて、まえに跳び、土をつかんで武蔵の顔面に叩きつけた。

「ぎゃあっ」

十兵衛は身体をかがめ、すばやく武蔵の横をすり抜けて走った。

「卑怯《ひきよう》もののめ、戻れ！　戻って勝負せよ」

背中にそんな叫びを聞きながら十兵衛は夜道を駆けた。すぐに海岸に出た。目を凝らす十兵衛の耳に、舟を漕《こ》ぐ櫓《ろ》の音がかすかに聞こえてきた。雲が切れて月が差したが、海面のどこにもすでに舟は見あたらなかった。

◇

「上人さま……」

松の木を割ったような太い腕で櫓を漕ぎながら、腐乱坊が言った。

「さきほど、寺沢堅高になにを申されたのでござる」

小舟のうえに寝そべった老僧は、さすがに疲れた様子で目をつむりながら、

「ききたいか」

「ききとうござる」

「わいもききとうおます」

彦七も身を乗り出した。

「ならば、わしのほうからたずねよう。賢いものなら小石をどこに隠すかのう」

腐乱坊と彦七は顔を見合わせた。やがて、彦七が言った。

「海岸でしょう」

老僧はうなずき、

「では、賢いものなら木の葉をどこに隠すかのう」

今度は腐乱坊がすぐに、

「森でござろう」

「左様。――ならば、賢いものなら、おのれの信仰心をどうやって隠すかのう」

「信仰心……でござるか」

「あの寺沢という男、切支丹を目の敵《かたき》にして弾圧しておるそのさまが、あまりに度を過ぎておるように思うたので、鎌を掛けてやったのじゃ。もしかすると、あやつが切支丹を迫害しておるのは、おのれの信仰を隠すためではないか、とな」

「と申されますと……」

「わしはあの男が、切支丹ではない、べつの邪宗門の信者で、それを知られぬよう、切支丹を過剰に弾圧しているのではないかと思うた。それで、言うてやったのじゃ」

「なんと言いはったんですか」

「そなたは、『隠れ念仏』の信者であろう、とな」

「――隠れ念仏？」

　隠れ念仏は一向宗《いっこうしゅう》の信者のことである。肥後国人吉《ひごのくにひとよし》の相良家や薩摩の島津家では一向宗を禁教とし、徹底的な弾圧を行った。薩摩では、算盤責め、逆さ吊《づ》りなどの拷問や、滝壺《たきつぼ》に信徒を落として死亡させるなど、切支丹に対するのと同様のむごい仕置きが行われたが、禁教自体は人吉のほうが早く、一向宗の仏像などを焼却したり、改宗しない信徒を打ち首獄門に処したり、ひそかに信仰を捨てずにいる信徒を密告させたりした。人吉や薩摩の信者たちは、他宗の信者であるように擬装したり、山間の洞窟に集まって秘密の講を開き信仰を守った。これが隠れ念仏である。

「おそらく堅高は、父広高の代から一向宗の信徒であったのだろう。寺沢家の領地では、表向き、一向宗は禁じられておらぬ。なれど、寺沢家の領地は肥前唐津じゃが、天草だけは肥後にある飛び地じゃ。すぐ隣の人吉で凄まじいまでの弾圧が行われているなか、堅高は一向宗であることを隠さざるをえなかったにちがいない」

寺沢家の宗旨は、表向きは臨済宗《りんざいしゅう》である。

「このまま一揆が起こらねばよいが……わしにできるのはここまでじゃ」

老僧のつぶやきに、腐乱坊と彦七は同時にうなずいた。そして、小舟はこの旅の最後の目的地に向かって進んでいった。

（追記）

数カ月後、島原・天草の乱が勃発した。天草四郎率いる一揆軍は、豊臣家の馬印だった千成瓢簞《せんなりびょうたん》を押し立て、周辺の農民たちを巻き込みながら、一時は富岡城を陥落寸前にまで追い込んだが、その後、島原半島の原城に籠城した。幕府は板倉重昌《いたくらしげまさ》を総大将とする討伐軍を派遣するが、切支丹信徒の結束を土台にした原城の守りは固く、焦った重昌は無理な突撃を敢行したすえ討ち死にした。あわてた幕府は、老中松平信綱《まつだいらのぶつな》を総大将とし、十二万人の兵力を動員して原城を兵粮《ひょうろう》攻めにした。その結果、原城内の一揆軍は芝生や海草を食べるしかないほどの深刻な飢餓状態に陥り、総攻撃を受けてついに敗北した。その結果、女こどもを含む三万七千人の一揆軍が皆殺しにされ（幕府と内通したひとりを除く）、幕府側も千人の死者を出した（約八千人とする資料もある）。討伐軍には、宮本武蔵も参加していた。

乱平定ののち、松倉勝家は改易され、美作国《みまさかのくに》に流されたのちに斬首された。また、寺沢堅高は天草を没収されたあと、狂乱のすえ自刃《じじん》した。

人吉・薩摩の隠れ念仏は江戸期を通して弾圧されたが、地下に潜んで信仰が保ち続けられ、その禁が解かれたのは明治に入ってからであった。

第五話 茶坊主の秘密

1

南国とはいえ冬の寒さは厳しく、吹き抜ける寒風は身を切るようだ。そんな向かい風のなかをほっかむりをした小商人風の男が、荷物を両手で抱きしめるようにして、早朝の街道を歩いている。落ち着いた、ゆっくりした歩調に見せているが、身体《からだ》は前のめりになり、半ばつま先立っており、内心の焦りがわかる。たびたび前後を気にして立ちどまり、また歩きだす。それを繰り返しながら、ときおり目をぎょろつかせ、耳をそばだてては、押し殺した息をそっと吐きだしている。商人のうしろから、ひとりの虚無僧《こむそう》がすたすたとやってきた。天蓋を被《かぶ》っているので顔はわからぬが、高い背を小さく丸めるようにしているのは、少しでも目立たぬようにという配慮であろうか。下駄をはき、黒衣に絡子《らくす》を掛け、左手に握りぶとの木太刀をつかんでいる。右腕は無造作にだらりと垂らしているように見えるが、心得のあるものならば、親指をいつでも木剣の柄《つか》を握れるような高さに、緊張感をもって位置させているのがわかる。つまり、臨戦態勢なのだ。

やや足取りをゆるめて商人としばらく並んで歩いたあと、虚無僧はふたたび早足になり、さきへ追い越していった。商人は顔をゆるめると、路傍の石地蔵のわきに腰をおろした。煙管《キセル》を取りだして一服吸いつけると、

「これでようよう肩の荷がおりた。薩摩へ入ってから、はじめて煙草がうまいわい」

そうつぶやいたとき、

「そこの町人、わいはどっから来たか」

立派な拵《こしら》えのひとりの武士が、商人に声をかけた。眉毛が太く、月代《さかやき》を青々と剃《そ》りあげている。おそらく島津家の城下士であろう。役目を果たした安堵《あんど》のあまり気を抜いていたため、商人は彼の接近に気づかなかったのだ。もはや逃げようがない。

「は、博多より参りました旅回りの小間物屋でございます」

商人は、地面に落とした煙管をあわてて̶つまみあげた。

「薩摩には、他国の商人はめったに参らぬ。手形を見せよ」

諸家のなかでも、領内への出入りを厳しく取り締まったことでは薩摩が頭抜けていた。入国に際しては、往来手形のほかに入り切符・出切手というものが必要で、詮議の細かさ、執拗《しつよう》さは異常なほどであった。関所の数も多く、九箇所の陸路番所が街道筋に置かれたが、間道にも辺路番所と呼ばれる小関所が置かれ、その数は九十箇所にもおよんだ。それゆえ、流行《はや》り歌などの風俗もよそから伝わらぬほどで、つまりは一種の鎖国状態だ

ったのである。

「ついさきほども、そこの番所でお調べいただいたばかりでございます。あやしいものではございません」

「あやしいか、あやしくないかはおいが決める。手形を出さぬか」

商人は、左右に目をいそがしく走らせながら、ふところに手を入れた。その手首を、侍はぐいとつかんだ。

「なにをなさいます」

「いや、懐剣でも握っておるのではと思うてな」

「ご冗談を。――どうぞごらんください」

商人がゆるゆると差しだした関所手形をちらと見て、

「宗旨は……代々真言宗か。生国は筑前博多村か。それにしては博多訛《なま》りがないようじゃの」

「各地を旅しておりますと、どうしても訛りが抜けてしまいますとよ」

「ふむ……」

侍は、しばらく手形をひねくり回していたが、商人の目のまえにゴミのように放ると、

「行け。目障りゆえ、早々に立ち去っど。よかね」

それだけ言って、悠々と歩きだした。商人が手形を拾おうと腰をかがめた瞬間、

「ちぇえすとおっ！」

振り向きざま、その背中に抜き打ちを浴びせた。商人は身体をひねってかわそうとしたが、すさまじい剣風をさけきれず、脇腹に浅傷《あさで》を負った。

「うははは、ひったまがったか（驚いたか）。わいが公儀隠密《おんみつ》であることはとうに知っちょった」

「め、めっそうもない。私はただの小間物屋で……」

「いっすかんやつじゃ。嘘《うそ》も、てげ（たいがい）にすっど。なにをおっとる（盗む）つもりかは知らんが、ここからはなにも持ち出せん。薩摩に入った隠密はこれまで数あれど、無事に出たものはひとりもおらんのがおいどまの自慢じゃ」

武士はゆっくりと一歩を踏み出した。商人は、さっきの虚無僧がはるか向こうに遠のいていることを横目で確かめた。覚悟を決めたように一人合点すると、いきなり跳びさがりざま、右手を打ち振った。いつのまに握りこんでいたのか、その手からきらきら光る物体が数個放たれ、武士の顔面を襲った。そのうちのひとつは右目に、もうひとつが左頬にめりこんでいる。カネツブテという鉄製の忍具である。

「うがあっ、痛かあああっ……」

武士が顔を押さえてうずくまったすきに、商人は虚無僧が去ったのと逆の方向に走りだしたが、すぐに立ちどまった。前方に四、五名の武士がすでに抜刀して立ちはだかっ

ていた。凍りついたような無表情で、一様に刀を高くあげ、腰を落とした姿勢をとっている。商人は唾を飲みこみ、

「どうせ生きては帰れぬ『薩摩飛脚』じゃ」

そうつぶやくと、道中差しを抜いた。

「江戸の犬め。死にらんや」

その言葉をきっかけに、武士たちは商人に殺到した。商人もそれに応じるようにまえへ出た。二、三度斬り結んだあと、商人はとんぼを数度切って囲みを脱した。

「ちょっしもた。ひん逃げっぞ」

「よか。韋駄天《いだてん》のおいに任せっど」

背が低く、太い手足に剛毛の生えた、蟹《かに》のような侍が商人をひたひたと追った。足が速く、ふたりの間はみるみる縮まった。

「もはやこれまで」

商人は右脚を軸にくるりと身体を反転させ、カネツブテを蟹侍の喉笛に叩《たた》きつけた。しかし、侍はそれを刀身で受けたりかわしたりを一切せず、

「ちぇ……すとおおお！」

気合い一閃《いっせん》、そのまま刀を振りおろした。商人は袈裟懸《けさが》けに斬られてその場へ倒れ、駆け寄った残りの侍たちに膾《なます》のようにずたずたに切り刻まれた。それを見ながら、蟹侍

は悠々と刀を鞘《さや》におさめると、喉に突き刺さった血まみれのカネツブテを指で掘りだし、地面に捨てた。

◇

やや離れた林のなかから、虚無僧はその一部始終を見守っていた。

（なぶり殺しじゃ。ああまでせずとも……）

助けにいきたいと何度も思ったが、それはできぬ決まりであった。薩摩では、まわり中が敵だ。商人を殺した七、八名の侍を首尾よく倒すことができても、騒ぎを聞きつけて、あとからあとから新手が現れるだろう。しかも彼らは、示現流《じげんりゅう》を修めた手練《てだれ》ばかりだ。そんな連中数十人に囲まれては、

（さすがにこの十兵衛も、無事ではおれまい）

虚無僧は柳生十兵衛であった。太刀も持たず、武器と呼べるのは木剣だけだが、武士がこの国に入り込むにはこの姿しかなかったのだ。当時、普化宗《ふけしゅう》はまだ、寺社奉行の認可こそ受けてはいなかったが、日本国中往来自由の特権が与えられていた。牢人《ろうにん》あがりの虚無僧には帯刀が許されてはいたが、太刀を所持していては、国境を越えたところから「宰領」という見張り役につきまとわれて、結局なにもできぬ。やむなく愛剣三池典太《みいけてんた》は、天領である豊後日田《ぶんごひた》の西国筋郡代館にあえて預けてきた。身に寸鉄も帯びぬ丸腰

である。生まれてこのかた経験したことのない、ほとんど素裸に近い気分だ。

(どうにも落ち着かぬ。まだ修行が足りぬな)

しかし、鹿児島へ入るやいなや、十兵衛は刀を置いてきてよかったとしみじみ思った。聞きしにまさる峻厳《しゅんげん》な取り締まりである。他国ものというだけで監視の目が二重、三重に注がれる。

(あの男も、戻れぬ覚悟でこの任に就いたのであろう。その死はむだにできぬ)

柳生十兵衛は、遠くから合掌すると、振り切るように身をひるがえして、先を急いだ。彼の心には、殺害された商人、いや、柳生忍軍の一員が死ぬまえにもたらした、父宗矩《むねのり》からの下知が重くのしかかっていた。ほんの十歩ほど並んで歩いたあいだに、忍びが十兵衛に言葉を発さずに伝えた言の葉は、

「谷山村在、クニなる二十九歳の男子を斬れ」

というものだった。十兵衛は続きを待ったが、忍びは無言である。

「それだけか」

「御意」

「クニ……とはなにものじゃ」

十兵衛がたずねると、

「不識《しらず》。これにて……」

と答えるのみであった。「これにて」というのは、これで申し送りはすべて終了したので、このあとなにを問われても返事することはできぬ、という合図である。やむなく別れたが、

（なぜ、この十兵衛がクニなるものを斬らねばならぬのだ）

なんの理由も聞かされることなく、会《お》うたこともない人ひとりの生命を奪わねばならぬ。いままでもずっとそうだった。幼少時より父宗矩から厳しく剣術を叩きこまれ、若年にして早々と新陰流の奥義《おうぎ》に達し、周囲から天才ともてはやされた十兵衛だったが、すぐに彼は父親の意図を知ることとなった。柳生新陰流は「活人剣」と称される。宗矩の著書『兵法家伝書』には、悪人をまちがいなく殺すのが殺人刀であるが、それによって万人が救われれば殺人刀は活人剣となる、と述べられている。宗矩はそういう思想を土台に政治の世界に深く関わり、天下を安泰に導くために力を尽くしてきた。しかし、本人も記しているとおり、殺人刀と活人剣は表裏一体だ。十兵衛は、柳生の殺人刀の役割を一身に担わせられたのである。それも、実の父親によって。

（クニ……。豊臣の残党か。いや、それはない）

大坂夏の陣において豊臣家が滅んでからすでに二十二年が経過している。当年二十九歳なら、その当時まだ七、八歳の小児ではないか。

（柳生家に反目し、将軍家指南役の地位を狙う剣客か。それとも……）

考えてもはじまらぬ。その谷山村とやらに赴き、みずから確かめるほかない。そして……。

(斬るほかない)

殺人刀である十兵衛に、選択の自由はなかった。

そもそも、彼が薩摩に潜入したのは、茶坊主と呼ばれている老僧一行を追うためなのだ。それがなぜ……。

(クニを斬らねばならんのだ)

あの老僧が、関ケ原合戦のあと捕らえられ、京都六条河原で斬首されたはずの石田治部少輔三成であることはもはや疑いようがなかった。十兵衛は、隠密裡《り》に三成を斬り、その死を闇から闇に葬るよう、将軍家光から直々の依頼を受けたのだ。そして、家光の背後で糸を引いているのは、剣術指南だけでなく近頃は政治指南も行っている但馬守《たじまのかみ》宗矩であることはまちがいなかった。かの老僧を斬るために、江戸から米沢、大津、備前岡山、長崎……とはるばる旅をしてきたが、いつももう少しというところで取り逃がし、ついには薩摩にまで来てしまった。天下統一がなされたとはいえ、西国には徳川家への反感がまだまだくすぶっている。ことに島津家は、関ケ原の戦いのあと、宇喜多秀家をかくまった前科があるうえ、大坂夏の陣のときも西軍に与《くみ》し、敗戦ののち井伊直政のとりなしにより取りつぶしは免れたものの、反徳川の気運渦巻く外様《とざま》の雄である。余所者《よそもの》への警戒心は半端ではない。そんな空気のなかで、彼は「茶坊主」を斬らねばならぬのだ。しかし、長い旅のあいだに数度、老僧の謦咳《けいがい》に接しているうちに、自身も気づかぬうちに、十兵衛は老僧に親しみを覚えるようになっていた。斬りたくない、という気持ちが芽生えていた。だが、これは将軍家光直々の命令なのだ。

そんな重い務めを背負わされている十兵衛に、なぜここに来て宗矩は「クニを斬れ」と言い出したのか。クニなるものは、老僧よりも大事な存在なのか。

（わからぬ……）

また、なにも知らされぬまま、会ったことのない相手の命をとらねばならないのか。もう、こんなことは終わりにしたい。血の染みついたおのれの手を思うたび、すべてを放り出して大声で叫びたい、おのれの手は汚さずなにもかも息子に押しつけている父宗矩に反逆したい、という気持ちが身体の底から湧きあがってくる。宗矩にとっては、忍びひとりの命など取るに足らぬのだ。家芸の剣術を捨て、将軍の陰に隠れて、したり顔で「政治」とやらをもてあそんでいる父に対して、十兵衛は虫酸が走るほどの嫌悪を覚えていた。

（忠長《ただなが》さま……）

ふと、十兵衛の心を、ある人物の面影がよぎった。そうだ……彼の父親への深い嫌悪は、駿河大納言《するがだいなごん》徳川忠長の死に発したものだった。

◇

「うへえっ、あれが桜島か。高いなあ。富士山より高いんとちゃいまっか」

当時は文字通り「島」であった桜島を遠望して、彦七がはしゃいだ声を出した。

「馬鹿を申すな。富士山のほうがずっと高いわい」

腐乱坊があきれたように言ったが、先頭を歩く老僧が笑いながら、

「いやいや、富士には富士の、桜島には桜島のよさがある。比べてはならぬぞ。――見よ、雄大なものではないか」

老僧が唐傘をもって指したあたりからは、白い噴煙が細くあがっていた。

「いかさまさよう。胸がすきまするな。――それにしても、お上人さま……」

腐乱坊は声をひそめ、

「薩摩は、他国ものの入国にはきわめて厳しいと聞いておりましたが、なにほどのこともございませぬのう。峭厳《しょうげん》よそに並びなきという去川《さるかわ》の関も、手形を見せただけですぐに通れましたわい。まこと、聞くと見るとはおおちがいでござる」

「そうかの」

三人は桜島を尻目に、しばらくは無言で歩いていたが、

「お上人さま、そろそろお教えねがえませぬか」

腐乱坊がたえかねたように口を開いた。

「なにをじゃ」

「当地まで我らが参ったるわけを、でござる。もしや、かねて聞きおよぶ秀頼公と淀殿御存命の噂《うわさ》は……」

「はっはっは……お茶々さまが大坂城で亡くなられたのはまちがいない。わしの親しきものが骸《むくろ》をたしかめたそうじゃ」

「なれど……秀頼さまは……」

老僧は顔をひきしめると、

「それをたしかめに、老骨に鞭《むち》打ってかかる土地まで参ったのじゃが……わしの心にかかっておるのは、上さまのことではない」

「と申されますと……」

振り向いて、老僧がなにか言いかけたとき、

「おう、そこの汚《きつしや》なかじっさん」

若い郷士《ごうし》が手招きをしている。郷士というのは半農半士の暮らしを送る侍のことである。薩摩では国主が居住するのは鶴丸城であり、その城下に住む侍を城下士と呼ぶが、そのほかに百二の「外城《とじょう》」があり、その周囲に「麓《ふもと》」あるいは「郷」という集落が作られ、そこに住むものを郷士といった。

「わしのことか」

「やっど。余所もんであろ。ここへ来《け》」

老僧はひょこひょこと郷士に近づき、

「なんの用じゃな」

「あやしかやつじゃ。手形を見せよ」

「わしらは旅の坊主じゃ」

「ふん……公儀隠密かもしれぬ」

「カッカッカッカッ。この年寄りが隠密に見えるかな」

腐乱坊と彦七が、老僧をかばってまえに出ようとしたとき、数人の侍が土を蹴立てて走り寄ってきた。しかも、皆、刀の柄に手をかけている。彦七は血相を変え、

「あ、あかん。加勢が来よった。あいつら、斬る気満々やがな。上人さま、ここは三十六計逃げるにしかず、でっせ」

しかし、間に合わなかった。侍たちは彼らを取り囲むとゆっくりと抜刀し、それに合わせて腐乱坊が樫《かし》の杖《つえ》を構え、彦七が袋入りの弓に手をかけたとき、

「この肥《こえ》たんご侍が！」

先頭の、蟹のように毛むくじゃらの武士が、罵声とともに若い郷士をいきなり峰打ちにした。郷士は額から鮮血を噴きだして倒れた。郷士は一日置きに農耕に従事したので、

城下士からは「肥たんご侍」「日シテ兵児《へこ》」などと蔑まれていた。

「ないごて、そげんことをすっとじゃ！」

郷士は叫んだが、蟹侍は声を震わせながら、

「ここなおかたを誰《だい》か知っちょか」

「し、知りもさん」

蟹侍は身体をかがめて、郷士になにやら耳打ちした。郷士は真っ青な顔で跳び上がると、

「ししししし知らぬこととは申せ、平に平にご容赦くだされ！」

額から血を流したまま、郷士は転がるようにその場から逃げだした。なにが起こったのかさっぱりわからず、目を白黒させている腐乱坊と彦七に向かって、蟹侍たちは軽く一礼すると、なにごともなかったかのように去っていった。

「どないなっとんねん」

「さあ……」

彦七と腐乱坊は顔を見合わせたが、老僧は、

「ま、よいではないか」

そう言うと、すたすたと歩きだした。

◇

林を抜けると、水郷に出た。谷山村だ。十兵衛は天蓋のなかから周囲に目を配る。農民が十人ほど、畑仕事をしている。城下士や郷士の姿はない。ほっとして歩みを早める。このままではクニなるものの所在はわからぬ。ボロが出るのはこわいが、思い切って話しかけることにした。

「率爾《そつじ》ながら、ちょっとものをたずねたい」

十兵衛は、大きな尻をこちらに向けて土を耕していた年寄りに話しかけた。

「なんじゃ。見たらわかろう。おいは忙しか」

「手間はとらせぬ。——このあたりにクニと申すものがおるか」

老人の手がとまった。

「クニじゃと?」

「知っておるのか」

老人は、十兵衛に向き合うと、

「おはん、虚無僧《ぼろんじ》じゃの。虚無僧ならば尺八ができよう。吹いてたもんせ」

「尺八……」

十兵衛は右手につかんでいる竹に目をやった。もちろん、吹けない。

「いや、クニを知らぬならばいたしかたない。先を急ぐゆえ、これにて……」

十兵衛が行き過ぎようとしたとき、老人はほかの農民に向かって叫んだ。

「こん虚無僧《ぼろんじ》、偽もんじゃあっ！」

たちまち野良仕事をしていた全員が、鋤《すき》や鍬《くわ》を手にして十兵衛に飛びかかってきた。

驚いたことに、取り囲んでじわじわ迫ってくるのではなく、皆、一瞬のためらいもなく、いきなり農具を振りおろす。

（示現流じゃ……）

受け太刀のない、ひたすらの先取攻撃を旨とする剣法が、農民のあいだにも浸透しているのだろうか。いや、そうではなかろう……。十兵衛は、農具をかわしつつ考えた。

これだけの太刀さばき、一朝一夕で身につくものではない。おそらく日頃、かなりの時間を割いて鍛錬をしていると思われる。なぜ、このあたりの農民にそんな必要があるのか……。

（クニ、か）

そうとしか考えられなかった。右へ左へと降りかかる農具の雨を避けながら、十兵衛は思わず木剣に手をかけたが、たとえ大刀でなくとも、彼がそれを使えば、農民の頭蓋は割れ、骨は砕けるだろう。そのためらいが命取りになった。ひとりの農民が投げた石が十兵衛の左肩に当たった。よろめいたところに、

「きえええ……いっ！」

べつのひとりが鍬を振りおろした。左腕に重い衝撃があった。

（逃げるしかない）

そうと決めた十兵衛は、脱兎《だつと》のごとく村道を走った。しかし、農民たちは農具をつかんだまま追ってくる。十兵衛は斜面を駆けあがり、森に入った。樹木のあいだを抜け、藪《やぶ》を走り、岩から岩へと跳ぶ。この技は、諸国を旅し、山野に寝て修行を重ねた武芸でなくば身につかぬ。さすがの地のものたちも、みるみる引き離されていく。大樹の陰に身を隠し、ようよう逃げきれたか、と思った十兵衛であったが、

「おらんっど」

「どけ行った」

「はっちた（去った）か？」

「そんはずはね。探すっど。探さねば、きひか（きつい）おしおきじゃ」

農民たちは口々に言い合いながら、山を登ってくるようだ。十兵衛はなおも岨道《そばみち》や獣道をつたって、上へ上へと逃れていった。ふと気づくと、樵《きこり》の家でもあろうか、目のまえに掘っ立て小屋があった。左腕を見ると、大量に出血している。ままよ、と十兵衛はその小屋に入った。無人であることを祈っていたが、奥に人影があった。粗末な衣服を兵児帯《へこおび》でとめ、上から獣皮で作ったどてらを羽織った男である。年齢は、十兵衛と同じ

ぐらいに思えた。藁《わら》で草鞋《わらじ》を作っていた手を休めて、きょとんとした顔でこちらを見つめている。

「虚無僧《ぼろんじ》やな。どないかしたんか」

上方なまりだ。十兵衛は天蓋を脱ぐと、

「岩角で肩を痛めてな、治療するあいだ、しばらく休ませてくれぬか」

「おお、ほんにえらい怪我《けが》や。わかった、わしが血止めしたるわ」

男は、気軽にそう言うと、十兵衛をその場に座らせた。麻の晒《さら》しと大徳利を取りだし、肩の傷を露わにさせると、徳利の焼酎を口に含み、傷口に霧のように吹きかけた。顔をしかめる十兵衛に笑いかけ、

「染みるやろ。効いとる証左や。すぐに血もとまるわ」

器用な手つきで晒しを引き裂くと、肩に巻きつけた。

「す、すまぬな」

「なんの、困ったときはおたがいさまや」

十兵衛は目のまえのこの男が、郷士なのか杣人《そまびと》なのかはかりかねていた。

「けど、岩角で打ったんやなかろ。それは刃物傷や」

「わかるか。まことは、斧《おの》の頭がすっぽ抜けたのよ。ほんに間抜けなことじゃ」

「あははは。そういうことにしとこか」

そのとき、入り口の戸を激しく叩く音がして、十兵衛は木剣をひそかに手もとに引き寄せた。

「だれや」

「村のもんでごわんど。こけ（ここへ）虚無僧《ぼろんじ》がひとり、おじゃりもしたけ？」

「だれも来なんだ」

「まことでごわすか。下道の笹《ささ》に血の痕《あと》がごわりましたゆえ……」

「わしが来なんだちゅうたら来なんだんや。わかったら、はよ帰り」

「わかりもした。じゃっち、おまんさあもくれぐれも細《こま》んか気配りをしやっが」

「ああ、そうするわ」

十兵衛は居住まいを正すと、

「なにゆえそれがしをお助けくだすった」

男はぼりぼりと鬢《びん》を掻《か》き、

「さあ……なんとなくや。ほれ、窮鳥ふところになんたらかんたら、て言うやろ。それに、あんた悪もんに見えなんださかいなあ」

「かたじけない。——そこもとの御姓名は、なんと申されるか」

「わしか。わしはクニや」

◇

その夜、十兵衛はクニという男の家に一泊した。固辞したのだが、退屈だから泊まっていけと言ってきかなかったのだ。クニは、この小屋にひとりで住み、自炊しているらしい。家族はいないのか、との問いに、

「お母《かん》は死んだ。お父《とん》はおるが、離れて暮らしとる。近頃は会うてないけど、達者かなあ」

と答えた。

「でけた、でけた。猪鍋《ししなべ》や。さあ、食おか」

囲炉裏《いろり》に掛けられた鍋の蓋を取ると、味噌のうまそうな匂いがたちのぼった。箸をつけてみると、舌のうえで脂肪がよい具合にとろけていく。

「うまい……！」

「そうやろそうやろ。わしが撃った猪やで」

クニは酒好きで、自分もぐいぐい飲み、十兵衛にも盃《さかずき》を差し出した。十兵衛はすすめられるままにそのきつい焼酎を大酒し、一升ほどあけるころには、すっかりクニと打ちとけていた。クニは好人物で、十兵衛と歳《とし》が近いこともあり、話がはずんだ。

（この御仁を斬らねばならぬのか。命の恩人をか）

にこにこ笑いながら盃をたてつづけにほしていく男を見ながら、十兵衛はやりきれぬ思いにとらわれていた。同時に、男の顔にどことなく見覚えがあるような気がしてならなかった。

（だれかに……似ている）

その「だれか」がわからぬ。

「ああ、ええ塩梅《あんばい》に酔うた。わしは寝るでえ」

クニは囲炉裏の端にそのまま横になった。十兵衛もそれにならったが、煩悶《はんもん》してなかなか寝つけなかった。クニは剛胆なのか呑気《のんき》なのか、だれともわからぬ余所者の十兵衛が横にいるというのに、いびきをかいて眠っている。そのいびきがまた、雷のような大きさなのだ。結局、うとうとできたのは明け方近くだった。

十兵衛は夢を見た。

徳川忠長の夢だった。

忠長は、以前と少しも変わらぬ姿だった。

「忠長さま、お懐かしゅうございます」

十兵衛が涙ながらに言うと、

「十兵衛、ようよう会いにきてくれたか。待ちかねたぞ」

にっこり笑って、忠長はそう応えた。

　二代将軍徳川秀忠が、浅井長政の娘於江《おごう》とのあいだにもうけた二男五女のうち、次男であった国松《くにまつ》（のちの忠長）はその利発さゆえに父母に溺愛された。長兄竹千代（家光）は、逆に疎んじられたが、乳母のお福こと春日局《かすがのつぼね》と柳生但馬守宗矩の画策により、三代将軍に就任した。失意のうちに、忠長は駿府《すんぷ》城主としての日々を過ごすことになった。

　十兵衛は、忠長が国松であったころからの馬合いであった。はじめて会ったのは、そう……大坂夏の陣の翌年であったろうか。まだ十兵衛が十歳に満たぬころである。歳がひとつしか離れていないこともあって、将軍指南役として江戸城に出仕する父宗矩の伴をして登城したおりなど、ふたりで語り合い、遊び、また、一緒に剣術の稽古もした、いわば竹馬《ちくば》の友であった。十兵衛は十二歳のとき、父親に命じられて竹千代の小姓となった。それは、嫡男である竹千代がゆくゆくは将軍職を継ぐことを見越しての宗矩の計らいであったが、十兵衛の心はいつも国松とともにあった。

　十兵衛は、竹千代が苦手であった。言動が粗暴で、他人を思いやる気持ちが薄く、追従《ついしよう》ものだけをまわりにはべらせ、苦言する家臣を遠ざけた。なにごとも自分が一番でないと気がすまず、剣術の稽古においても、相手がわざと負けないと機嫌を損ねた。十兵衛がうっかり打ちこんだときなど、

「ぶぶぶ無礼な！　貴様ごとき田舎武士がわが面体を打つなど、身の程をわきまえよ。手が曲がろうぞ」

と叫んで、十兵衛をその場に引き据え、割れ竹でさんざん打擲《ちょうちゃく》した。のちに夜な夜な江戸市中を徘徊《はいかい》して辻斬《つじぎ》りを行ったのも、町人の命の価値など毛よりも軽いと思っていたからである。父母の愛情が次男国松に注がれたのもむべなるかなであった。国松は、剣術も熱心に稽古したが、容姿端麗で聡明《そうめい》なうえ、気さくで下々のものへの愛情にあふれ、だれにでも親しまれた。十兵衛が手加減をすると、

「そちまで、余が将軍の息子だからと手を抜くのか。それではいつまでたっても余の腕はあがらぬ」

と悲しげに言うのが常であった。

見かけも性質もまったく異なるこのふたりが兄弟というのが、十兵衛にも不思議なほどであった。どちらが将軍の器であるかは明らかであり、まわりのものも皆、当然のように、国松が次期将軍になるものだと思っていた。それをねじ曲げたのは、竹千代派であった宗矩と乳母の春日局で、国松が将軍になっては彼らの権力は失墜してしまう。ふたりは駿府に隠居していた大御所家康に直訴してまでおのれの勢力の維持を図った。家康に、国松の悪口をさんざん吹きこみ、長兄相続の原則を錦の御旗にして、とうとう竹千代を次期将軍にする、というお墨付きを得てしまった。

忠長が駿河大納言となってからは、十兵衛は会う機会がなかった。家光の小姓として江戸城にいたからである。その後、小姓を辞してからは、父宗矩の「殺人刀」として諸

国を飛び回っていた。だから、忠長の「駿府での乱行」の噂を聞いたときも、とても本当のこととは思えなかった。浅間《せんげん》神社の使いと言われている神猿千二百匹を殺した、とか、自分を運んでいた駕籠《かご》かきを突然刺した、とか、薪《まき》を焚《た》こうとしていた小姓の首をいきなりはねた、とか……。家光に将軍職をさらわれたことへの鬱屈が爆発したのか、とも思ったが、あの優しかった忠長を知る十兵衛には、とうてい信じられない話であった。

(あのおかたにかぎって……ありえない)

乱行をとがめられた忠長は、駿河国を召しあげられたうえ、甲府への蟄居《ちっきょ》を命ぜられた。その後、公儀に対する謀反《むほん》の罪に問われて上州高崎に幽閉され、ついには自刃《じじん》して果てた。今から四年まえの話だ。十兵衛は高崎に赴いて忠長にじかに会い、ことの真偽を問いただそうとした。しかし、宗矩がそれを許さなかった。

「なにゆえじゃ、親父殿。幼なじみに会うてなにがいかぬ」

「わからぬか。忠長さま御乱行の噂を振りまいたは、このわしじゃ」

その言葉は十兵衛に激しい衝撃を与えた。配下の忍び衆を使って、宗矩は忠長の乱心を世間に言いふらし、しまいには大逆の汚名まで着せて、自刃に追いこんだのである。すべての筋書きを書いたのは宗矩であった。

「なぜ、そんなことをした」

怒りを押し殺しつつたずねると、宗矩はこともなげに答えた。

「決まっておろう。上さまのおんためじゃ」

ちがう、と十兵衛は思った。将軍のためではない、柳生家のためなのだ……。

十兵衛は、夢を見ながら、頭のどこかでこういったことを、なにもかも思い返していた。

「忠長さま……やはり、御存命でいらっしゃいましたか」

夢のなかで十兵衛は忠長にそう語りかけた。しかし、忠長はかぶりを振り、

「余は、すでにこの世のものにあらず。そちがこちらへ参るにも、まだ当分間があるようじゃ。それまでは、こうして夢のなかでしか会えぬのう」

「この十兵衛、忠長さま御切腹の裏にわが父宗矩ありと知り、慚愧《ざんき》にたえませぬ。父の奸計《かんけい》から忠長さまをお守りできなかったこと、一生の不覚。なにとぞ……なにとぞお許しくだされ。それがしもここで割腹してお詫《わ》び申しあげまする」

「なにを申す、十兵衛。そちは現在目のまえにある艱難《かんなん》を打ち砕くことだけを考えよ。ひとは放っておいてもいつか死ぬものじゃ。ゆえに、生きておるうちは全力で生きねばならぬ。おのれの手で命を絶ってはならぬぞ」

「…………」

「よいか、十兵衛。そちがなすべきことをなすがよい」

「それがしがなすべきこととは……」

「それは、そちが考えよ。さらばじゃ、十兵衛」

忠長の姿は消え、十兵衛は虚空に手を伸ばした。

「おい……おいっ」

目をあけると、クニが彼を揺り動かしている。

「ゆ、夢か」

「だいじょぶか。えろううなされとったで」

「ああ……すまぬ」

そう言いながら綿のほとんど入っていない布団をひっかぶった十兵衛は、忠長が言った「なすべきこと」がこの男を斬ることなのかどうか考えていた。

2

「えらい田舎でんなあ。こんなとこになんの用事がおまんのや」

彦七がきょろきょろとあたりを見回した。たしかに、右手には海岸が長く続き、漁家が点在している。左手には幾筋かの細い川に仕切られた畑と水田が広がっている。ひとの姿もまばらで、ときおりミサゴかトンビとおぼしき鳥が餌をあさるのが目に入る。

「さっきからうるさいぞ。黙って歩け」

腐乱坊はそう言ったが、自身も彦七とおなじ疑念を抱いていた。しかし、それをたずねにくい雰囲気なのだ。

「もう夕暮れだっせ。今夜の宿の算段もせなあかん」

老僧は応えない。

「行く先が決まってたら黙って歩きますけど、どこへなにしに行くのかわからなんだら、足にも力が入りまへんがな」

老僧は笑って、

「ま、そう愚痴を申すな。いくらなんでも、もうじきじゃと思う」

「もうじき、とは、目当ての場所が、でござるか」

「いや……わしの旅の終わりが、じゃ」

謎めいた言葉に、腐乱坊が首をひねったとき、右手の道から、頰被《ほおかむ》りをした男が近づいてきた。風体《ふうてい》は農民のようだが、その歩きかたから武士であると覚《さと》った腐乱坊はそっと樫の杖を構えた。男は三人のすぐうしろに出ると、つかず離れずについてくる。しばらくすると、べつの畦道《あぜみち》からもうひとり、頰被りの男が現れ、同じようについてくる。

「お上人さま、あやしゅうござるぞ。御油断めされるな」

腐乱坊が老僧に小声でそう言うと、今度は前方左手の畦から頰被りの男がやってきて、彼らのまえを、先導するような形で歩きだした。つづいてもうひとり……。四半刻《しはんとき》（約三十分）ほどのあいだに、三人は前後を十名の男たちに塞がれたかっこうになった。しかし、老僧はいっこうに気にすることなく、矍鑠《かくしゃく》とした足取りで歩調を変えぬ。

「いつ来るかのう」

腐乱坊は彦七にささやく。彦七もこわばった顔でふところに手をやり、

「たぶん、なにかの合図で一斉に来よりまっしゃろな」

「われらの命失うとも、お上人さまをお守りするのだぞ」

「わかってま。みなまで言いなはんな」

やがて、一同は川のほとりにある大きな屋敷のまえに出た。その途端、前方を進んでいた五名が振り返った。

「ついに来たな！」

「いてこましたる！」

腐乱坊と彦七が、それぞれ得物《えもの》を振りかざそうとしたとき、その五名は頬被りを脱ぐと、その場に平伏した。後ろにいたものも老僧たちを追い抜いて左右に並び、道の真ん中で蛙《かえる》のように土下座をした。

「な、なんやいな、こいつら」

彦七たちが目を丸くしていると、先頭のひとりが顔をあげ、

「石田治部少輔三成公の御一行とお見受けつかまつる。われら大坂の陣のおり、豊臣方に属し、秀頼さま身辺警護の任に就いておったるものでござる」

「ほほう、上さまのな」

「これより秀頼さまにお目通りいただきまする」

腐乱坊と彦七は顔を見合わせたが、老僧はさして驚いた様子もなく、

「案内《あない》せよ」

◇

「おい……もう寝たんか」

となりで寝ていたはずのクニが話しかけてきた。十兵衛は寝息を立てている。

「タヌキやろ。わかってるで」

「…………」

「わし、待ちくたびれたわ。やるんやったら、はよやってんか」

「やる、とはなにをだ」

「あんた、わしを斬りにきたんやろ。柳生の御曹司」

「それがしを十兵衛と気づいてござったか」

「そらわかるわ。その目ぇでな」

十兵衛はそっと右眼の眼帯を押さえた。起きあがり、布団の上に座りなおすと、

「それがし、たしかにそこもとを斬るよう命じられてござる。なれど……なにゆえ斬らねばならぬかがわからぬ」

「それが、あんたの仕事やからやろ」

「ちがう。それがしの仕事は剣の技を磨くこと」

「なんのために磨くのや。ひとを斬るためやないか」

「…………」

「そんなことどうだってええ。はよう、あんたの仕事を果たしなはれ。せっかく酔っぱらったまま斬られようと思とったのに、酔いが醒《さ》めてしもたがな」

「教えてくれ、クニどの。そこもとはなにものだ」

「聞いたかてしゃあないやろ。なーんも知らんほうが殺しやすいんとちがうか」

「いや、聞きたい。聞かせてくだされ」

「わしはな……豊臣秀頼の息子、国松や」

十兵衛の身体が石のように硬くなった。

◇

大坂夏の陣で、徳川方の総攻撃により大坂城が炎に包まれたとき、淀君と秀頼は崩壊

した天守閣から二の丸帯曲輪《おびくるわ》に籠もり、ついには内側から火を放ったうえ、自刃して果てたことになっている。しかし、秀頼の死骸は見つからなかった。というより、どの死骸も黒焦げで、だれのものか判別するのはむりだったのだ。『難波軍実録』という書物によると、秀吉愛用の宝刀を所持していた一死体を秀頼のものとみなしたらしい。また、真田幸村の遺骸も確認されていない（徳川の本陣には、これこそ幸村のものだと称する首が複数持ち込まれた。つまり、影武者が大勢いたわけで、本人が死んだかどうかは定かではない）。当時流行った俗謡に、

花のようなる秀頼さまを
鬼のようなる真田がつれて
退《の》きも退いたよ鹿児島へ

というものがあった。また、平戸《ひらど》商館長コックスの日記には、豊臣秀頼は五、六名の重臣とともに薩摩か琉球《りゅうきゅう》に逃亡したらしい、という記述がある。当時から、秀頼生存説は広範囲で流布していたのである。

「こちらでござる」
老僧一行は、大きな屋敷の奥の間に通された。襖《ふすま》をあけた途端、ぷん、と薬の匂いが

した。布団の上に、ひとりの中年男が巨軀《きょく》を横たえていた。顔色は青白く、病気であることはひと目でわかった。

「石田三成公がおこしでござるぞ」

家来から声をかけられて、中年男は身体を起こそうとしたが、老僧は両手で制し、

「いや、そのままそのまま。上さま……やはり、御存命でおられたか」

その両眼には涙がたまっている。

「恥ずかしながら、いまだ生き延びとるわ」

「最後にお目にかかったは、上さまが七つのころでござる」

「もはや面影もなかろ。かくも無惨なありさまや」

もともと秀頼は日本人ばなれした大柄な体格であったが、今や病的に肥え太り、顎には三重に段ができている。

「いずこがお悪いのじゃ」

「どこもかしこもやが、とくに肝の臓やな。こちらに逼塞《ひっそく》してから酒量が増えてな、酒毒が身体にまわっとる。悪い腫れものができとるそうや」

「おいたわしや……ゆるりと養生なされませ」

秀頼は小さくかぶりを振り、

「余はもう長《なご》うない。それぐらいのことはわかっとるわい」

それからぽつぽつと彼が語ったところによると、落城に際し、二の丸帯曲輪の抜け穴より城外へ脱出し、島津家の伊集院半兵衛、猿沢監物《さるさわけんもつ》らの手引きにより、兵庫の浦から軍船《いくさぶね》に乗って薩摩へ落ち延びたという。

「真田左衛門佐《さえもんのすけ》や長宗我部宮内少輔、後藤又兵衛など主だった武将も従《したご》うたと申すものもおりましたが……」

「それはただの噂にすぎん。余に同道したるは、このものどもだけや。今は、島津家からわずかな陰扶持《かげぶち》をもろて、生きとるのか死んどるのかわからんようなありさまや」

そこまで言うと、秀頼は少し咳《せ》きこんだ。咳がやむのを待ってから、老僧は言った。

「それはこちらが申すこと。死んだはずのこの老人、久保田に隠れ住み、静かに往生を待っており申したが、年寄りの冷や水承知で当地まで足を運ぶ気になったるには、わけがござってな」

そう言いながら、老僧はふところから一枚の紙を取りだし、秀頼に示した。

「薩摩で再起の機会を待つ豊臣秀頼公とその一子国松君《ぎみ》の連名による、諸大名への決起をうながす書状でござる。今こそ亡き太閤殿下の恩義に応え、徳川に反旗をひるがえし、天下を奪うときである、と煽《あお》るような筆致で書かれておる。わが隠れ家にも、あちこちの手を経て、一通舞いこみましてな」

「ほほう……」

「これはいかん、と思うたのが、老骨に鞭打ってこちらへ参上するつもりになった次第でござる」

「なんで、いかんと思うたんや」

老僧はしばらく黙ったあと、

「徳川家も三代となり、天下はほぼ盤石。失礼ながら、今、この檄文《げきぶん》に賛同して徳川に弓引こうという大名の数は多くはござりますまい。それらの力をすべて集めても、蟷螂《とうろう》の斧。所詮は負け戦《いくさ》でござる。しかしながら、せっかく落ち着いた世の中にふたたび戦乱が起これば、万民が迷惑いたす」

「なるほど」

「この老人が上さまにじかにお目にかかっておたずねしたきことはふたつ。ひとつは、この檄文が上さまの御真筆かどうかでござる」

秀頼は、すこし考えたあと、

「真っ赤な偽ものや」

老人は、さぐるような目でその顔をじっとのぞきこんでいたが、

「では、上さまには旗揚げするお心はない、と？」

「――ない。余はこの薩摩の地で朽ち果てるつもりや。豊臣家再興なんぞ夢のまた夢。せやけどな……」

「せやけど……?」

「ああ、なんでもない」

老僧は追及せず、

「それを聞いて安堵してござる。もうひとつは国松君のことでござる」

秀頼の顔がほんのり紅潮したかのように、腐乱坊には見えた。

「この書状は、上さまと国松君の名が連署しておりまする。もしや国松君も、こちらで御存命でござろうか」

豊臣国松は、秀頼の嫡男である。ほとんどその存在を知られていないのには理由がある。秀頼は千姫とのあいだには子ができなかったが、側室である伊茶の方とのあいだに国松と娘(天秀院)をもうけた。だが、千姫をはばかって、生まれてすぐに国松を若狭《わかさ》京極《きょうごく》家に預け、そののち若狭の弥左衛門というものの養子にしたという。国松が、京極高次《たかつぐ》の正室常高院(初。淀君の妹)とともに父秀頼のもとに来たのは、大坂冬の陣のころだというから、父子ともに過ごしたのは八カ月ほどにすぎないのだ。大坂城落城のとき、守《も》り役らの手によって一旦は城外へ脱出したが、数日後、京都伏見の商家に乳母とともに隠れ潜んでいたのを京都所司代の手のものに発見され、市中引き回しのうえ、首を斬られた。享年八歳とも十歳ともいう。しかし、国松は生後すぐに京極家に預けられ、大坂城入城後も天守閣の奥深くにいたため、豊臣方の侍でも国松の顔はおろか存在すら知らないものが多く、ましてや徳川方には国松かどうか判別できるものはいなかった……。

「国松か。国松は生きとるで」

「この館においでてござるか」

「いや……あいつは気ままな暮らしが性に合《お》うとるらしゅうて、ひとりで山小屋に住んどるわ。ときどき顔見せよるけどな」

「一度、お目にかかりたきものでござるが……」

関ケ原の戦いのおり、まだ国松は生まれていなかった。石田三成は、国松とは対面したことがないのである。

「ええで。だれぞ案内したってくれ」

軽い口調で秀頼は言ったあと、

「久々の来客ではしゃいでしもた。疲れたさかい、寝るわ」

「これは上さまのお具合も考えず、長話つかまつり申しわけござりませぬ。では、これにて失礼いたす」

言いかけたとき、秀頼がかぶせるように、

「余はどうせまもなく死ぬる身や。徳川と再度一戦交えるつもりはない。なれど、国松はちがう。ほかのものに尻こそばされて、かつぎあげられるかもしらんで」

老僧は応えず、一礼して、その部屋を出た。屋敷の外は、すでに日が暮れていた。

「それがしが国松君の居場所まで御案内申しあげまする」

六十歳近い家臣が、三人を先導しはじめた。山歩きには慣れている様子で、しっかりした足取りでのぼっていく。老僧たちも従ったが、斜面がきつく、なかなか追いつけぬ。

「それがし、目眩《めまい》がしそうでござるわい」

歩きながら、腐乱坊が額に手を当てた。

「いかがいたした」

「秀頼公薩摩落ちの話は、根も葉もない噂と思うておりました。本当に生きておられたとは驚愕《きょうがく》つかまつりました。そのうえ面談叶《かな》うとは……いやはやこの腐乱坊、生涯の思い出でござる」

「うむ……」

老僧は、なにかに心を奪われている様子で、受け流した。その厳しい顔つきを見てそれ以上の言葉を飲みこんだ腐乱坊に、彦七がたずねた。

「あのおかた、ほんまに病は重いんですかいなあ」

腐乱坊はうなずき、

「顔に死相が出ておった。もう長うはあるまいな」

先達の侍に聞こえぬような声でそう言った。

「けど、島津家はなんで秀頼さまと国松君を匿《かくも》うてまんのやろ。バレたら幕府からにらまれまっせ。取りつぶしにあうかもしれん。もしかすると、あのふたりを押し立てて倒幕……」

そのとき、老僧が先達の背中に話しかけた。

「ちと、たずねたき儀がある」

老僧は先達の背中に話しかけた。

「さきほど上さまは、御自身は戦を起こすつもりはないが、国松君はかつぎだされるかもしれぬ、とおっしゃっておられたが、それはまことか」

「それは……それがしの口からはお答えいたしかねまする。御容赦くだされ」

「カッカッカッ。まるで、今にもそのようなことがあるような口ぶりじゃの」

「それがし、あるともないとも申しておりませぬ」

含みをもたせた応えに老僧は破顔し、

「それでよい、それでよい。カッカッカッカッ」

満足したのか、そのあと老僧は無言でのぼりつづけた。

◇

「さあ、すっぱりやってくれ。——と言うても、刀がないか。よっしゃ、ちょっと待っといてや」

　クニは、小屋の壁に掛かっていた長い山刀を十兵衛に手渡し、首を亀のように伸ばすと、

「なんちゅうたかて、柳生新陰流免許のおかたや。あんたの腕なら、ほとんど痛まんやろ。わしも運がええわ。下手なやつに斬られたらかなわんさかいな」

「なにゆえ、そう死に急ぐ」

「べつに急いでるわけやない。これがわしの運命や」

　そのとおりである。大坂夏の陣のあと、西軍に加担した武将のほとんどは斬首、または自刃させられた。また、徹底的な残党狩りが行われ、伏見街道に数万のさらし首が並べられた。秀吉を祀《まつ》った豊国廟《とよくにびょう》も幕府の手で壊された。豊臣家を再興させることができる秀頼の嫡男が、生きながらえることはありえない。

「とうの昔に覚悟はできとった。徳川の刺客が、いつ来るかいつ来るかとおびえながら暮らすのはまっぴらや。はよ来てほしい、とずっと願《ねご》とったが、まさか柳生の若さまにお越しいただけるとは光栄の極みや。いっしょに酒も飲めたし、思い残すことはもうない。――あの世とやらに送っとくなはれ」

　十兵衛は山刀を手にしたまま、どうしてよいかわからず立ちつくしていた。

「ほら、斬らんかい！　弱虫か。わしにしょうもない情けをかけて、天下をまた戦国に

戻したいんか」

その言葉に押されるように、十兵衛が山刀を振りかざしたとき、

「待て。その御仁を斬ってはならぬ」

小屋の入り口から、短い声がかかった。見ると、唐傘を手にした老僧が立っていた。

十兵衛は救われた思いで刀をおろし、手の甲で額の汗をぬぐった。

「なんじゃ、ジジイ。邪魔だてすんな」

クニがくってかかっても、老僧は微動だにせず、

「わしは今、上さま……秀頼公とお会いしてきた。上さまは、そなたを国松君としてこの剣術使いに斬らせる腹のようじゃが、それは許されぬ」

十兵衛は眉をひそめ、

「このかたは国松君ではない、と……?」

老僧はうなずき、かたわらにいた秀頼の家臣を鋭く一瞥《いちべつ》すると、

「ちがうかの」

家臣は悄然《しょうぜん》と肩を落とした。

◇

「上さま……上さま!」

家来の呼びかけに、病床の秀頼は大儀そうに目をあけ、

「なんや。柳生の小倅がクニを斬りよったんか」

「そうではございませぬ。――石田三成公、再度の御来訪にござりまする」

秀頼は首を曲げ、老僧のうしろにクニ、そして、隻眼《せきがん》の武芸者の姿を認めると、ペロリと舌を出し、

「しもた……。バレたか」

老僧は秀頼ににじり寄ると、

「あの書状は偽物《ぎぶつ》にあらず、上さまおん自らお書きになられたものでござろう」

「なんのために、余があんなものを書かねばならんのや。余は、ほんまに旗揚げする気はないのやで」

「薩摩に、上さまと国松君が御存命である、と幕府に知らせるためでござる」

「そんなことしたら、わしらの命をみすみす危のうするようなもんやがな」

「そのとおりでござる。おそれながら上さまは明日をも知れぬお身体ゆえ、刺客を怖れる意味合いはなし。――上さまは国松君を、幕府の放った刺客に殺させるおつもりでござったろう」

「……………」

「そもそも島津家による他国者への行き過ぎたる警戒ぶり、国松君をかついでの豊臣家

再興に含みを持たせた皆の口ぶりが怪しゅうござった。いずれも国松君がほんものであると徳川に思いこませるための策略でござろう。国松君だけがひとりで暮らしているのもおかしい。いくら警戒を厳重にしていても、いつかは隠密のなかに国松君暗殺をやり遂げるものが出てくる。そうなれば、幕府は『これで真に豊臣の血筋を絶やすことができた』と安堵する……」

「さすがは豊臣家きっての知恵者や。よう見破ったなあ。感心感心。うまいことといくと思たんやが……」

「なにゆえ、かような手数のかかることをなされた」

「ちょっとした冗談《てんごう》やがな」

「冗談ではすみませぬぞ。ここなる国松君の身代わり役は、あやうく殺されるところでござったのじゃ」

「すまんすまん。怒りないな。余がまちごうてたわ。ひとの命を軽んじとった」

秀頼は苦笑いを浮かべていたが、突如、その顔色が白く変じた。激しく咳き込むと、布団のうえに大量に喀血《かっけつ》をした。

「上さま！」

「お父《とん》！」

あわてる一同に秀頼はか細い声で、

「お迎えが来たようや。ほな、そろそろ逝くわ。あの世で……太閤……」

がくり、と首が垂れた。すすり泣きが聞こえるなか、老僧は死に顔を南無と拝み、

「これで……おしまい」

そう言うと、立ち上がった。

◇

秀頼の家臣たちに見送られ、老僧たちは屋敷から出た。老僧はクニに向かって、

「そなたを殺させぬようにすること……わしはそのために薩摩まで来たのじゃ。かけがえのない命を大事になされよ」

「おおきに。お父《とん》の菩提《ぼだい》をとむらいながら、この谷山で暮らしまっさ。道中御無事で」

山道を、老僧と十兵衛は連れだっておりていく。そのうしろに、腐乱坊と彦七がしたがっている。

「たっておうかがいしたい儀がござる」

十兵衛は老僧に言った。

「秀頼公は、なぜクニをそれがしに殺させようとしたのでござろう。幕府を安堵させるため、と言うておられたが、それだけとは思えぬ」

老僧は答えず、しばし無言のまま歩みを重ねていたが、

「これは、わしの推量にすぎぬ。老人の妄言じゃが……そのほう、徳川忠長殿を存知おるか」

　意外な名前にとまどいながら、

「無二の親友でござった」

「上さま……秀頼公の御嫡男は国松、忠長殿の幼名も国松。ありがちな名ではあるが、わしはこう思うのじゃ。太閤殿下亡きあと、徳川が天下の覇者となることはさけられぬ。そう考えたものが、なんとか豊臣の血を残そうとした。そこで、まだ生まれてまもない国松君と忠長殿をすりかえたのではないか……」

「まさか……」

「幼名が同じなら、うっかり本名を口走っても大事ない。忠長殿は、兄の家光殿とは容姿も御気性もまるで似ておられなかったという。温和で、御聡明なかただったと聞いておる。父母ともに同じ兄弟が、おかしいではないか」

　十兵衛は、夢で見た忠長の風貌を思い浮かべていた。

「忠長殿が次期将軍になるとの意見が多かったというが、もしそうなっていたら、豊臣家の嫡男が徳川将軍となるのじゃ。豊臣家は表向きは滅んでも、永劫に徳川家の中枢で豊臣の血は保たれつづける。――柳生但馬や春日局の奔走で、それは阻止されたがのう」

「………」

「なれど、上さまをはじめ豊臣の残党としては、現将軍の弟として自刃したのが、じつは豊臣秀頼の実子であった、ということだけでも愉快ではないか。公儀の刺客が薩摩で豊臣国松を殺害したら、クニが国松であったと定まり、忠長殿が豊臣国松であったことは永遠に闇に葬られる」

「では……六条河原で斬首された少年こそ、まことの忠長公であられたか」

「いや、あれはただの替え玉であろう。家臣も連れず、乳母と隠れていたというではないか」

「ならば、忠長公は今どこに……」

「これもただの推量じゃが……あのクニという男の顔、だれぞに似ておるとは思わぬか」

　そうなのだ。そのことを十兵衛もずっと考えていたのだが……。

「徳川秀忠公じゃ」

「あ……！」

　たしかに、クニの顔は十兵衛がかつて何度か見た秀忠にそっくりだった。

「クニこそが、まことの徳川忠長さまだったと申されるか」

「さようさ。豊臣国松と徳川国松をすり替えたのじゃ。忠長公が豊臣国松であったとすりゃ、クニは徳川国松、すなわち忠長公でなければならぬ」

「………」

「それこそ、秀頼公のたくらみの怖ろしきところよ。あのおかたは、徳川家に豊臣の血を混ぜるだけでなく、当代将軍のじつの弟を公儀の手で殺させようとしたのじゃ。うまくいっておれば、さぞや溜飲《りゅういん》が下がったであろうのう」

「御老体がおられねば、それがしがその奸計にはまり、柳生の小倅はおおうつけよ、と陰で笑われておったに相違ない」

「ほっほっほっほっほっ。わしは、それをふせぎたい一心で老骨に鞭打ち秋田から参ったのじゃ」

「クニは、おのれが徳川忠長公であると知っておったのでござろうか」

「それはあるまい。国松の替え玉として、いつ来るかわからぬ公儀の刺客に殺されるために、諦念のうちに生きておったのであろう。すりかえられたるは、おそらくまだ幼きころ。はじめのうちは、みずからを本物の豊臣国松と思うておったかもしれぬが、まわりのものが、おまえは替え玉じゃとうすうす感じとらせるようにしむけていったのであろう」

それまで黙って聞いていた腐乱坊が、もう我慢ならぬという語調で言った。

「ただいまのお話、たいそうおもしろうござるが……はたして豊臣家の嫡男と徳川家の次男をすりかえる、などという荒技がまことにできたものでござろうか。ことに、忠長公は江戸城のなかで御誕生あそばしたはず。だれがとりかえたのでありましょう」

「今となってはだれにもわからぬが、おそらくは……常高院あたりであろう」

「な、なるほど」

お市《いち》の方が浅井長政とのあいだにもうけた三姉妹のうち、長女茶々は豊臣秀吉の側室となり、秀頼を産んだ。のちの淀君である。次女は京極高次の正妻となったが、のちに仏門に入り、常高院と名乗った。三女於江は徳川秀忠の正室となり、三代将軍徳川家光や徳川忠長を産んだ。秀頼が、嫡男国松が生まれたときに預けた先は京極家であり、大坂冬の陣のおり、国松は常高院にともなわれて大坂城に入った。つまり、次女である常高院は、豊臣国松をずっと養育していたばかりか、徳川忠長についてもその幼少期から身近に接していた唯一の人物といえる。秀忠の妻於江は、長男の家光は乳母春日局にその養育を任せたが（当時の武家ではそれがあたりまえだった）、忠長は乳母にはあまり頼らず、みずから世話をしたという。すりかえる機会はいくらでもあったと思われる。

「そのようにはからったのは常高院であっても、じかに手をくだしたのは、豊臣方の忍びであろう。——彦七」

「へ、へいっ」

突然、話を振られて、彦七は跳びあがった。

「貴様、なにか聞いておらぬか」

「な、なんのことでおます」

「父親の佐助からなにか聞いておろう。申してみよ」

「えっ……うちの親父が猿飛佐助やゆうこと、やはり御存知でおましたか」

「わしの手足であったものの血筋じゃ。わからぬわけがあろうか」

「へえ……それがその……昔、江戸城に忍びいって、赤ん坊をとりかえたことがある、どちらも貴人のお子さんや、と仲間に自慢気に話しとるのを耳にしたことがおます。どこのだれとは言えんが、もし露見したら天下がひっくりかえるような騒ぎになるで、と……」

「カッカッカッカッカッ。やはりのう」

老僧は大口をあけて笑った。

◇

「これでなにもかも片づき申した。御老体のおかげでござる」

入国時の厳重な審問が嘘のように楽に通れた去川の関のそとで、十兵衛は老僧に言った。

「まだ片づいておらぬことがあろう」

「は……？」

「おまえは、わしを斬りにきたのであろうが」

「はははは。それがし、とうに悟ってござる。それがしの腕では御老体は斬れませぬ」

「これからどうするつもりじゃ」

「江戸へ戻りまする。戻って、父に面会いたしまする」

「但馬守にか」

「はい。面会して、すべてを投げ捨てる覚悟でござる。それがし、父に負わされたこの役割をもう背負いきれませぬゆえ」

「但馬守が、許さぬと申したら……？」

「父と……戦いまする。御老体は斬れませぬが、父ならば……」

「それはいかんな。親子喧嘩《げんか》に刃物は無用じゃ。腹を割って話せば、いつかはわかりあえよう。なれど、どうしても相容《あいい》れぬときは……」

「相容れぬときは？」

「頭から小便でもかけて、遁走《とんそう》せよ」

十兵衛はからからと笑い、

「御助言、かたじけのうござる。――御老体はどちらへ参られる」

「わしか。わしはすでに死んだ身じゃ。のこりの人生、諸国を漫遊し、行ったことのない場所に行き、会うたことのない人々と会うて、その生きざまを見てみたい」

「それはよい御思案じゃ。お加減大事に過ごされよ」

一礼して去っていく十兵衛の後ろ姿を見送ったあと、老僧は腐乱坊と彦七に明るい声をかけた。

「それではそろそろ、参りましょうかな」

「はいっ」

両名は元気に応えた。早朝の街道に、老僧の高らかな笑いがこだましていった。


（追記）
・伝記によると、柳生十兵衛三厳は、十九歳のとき将軍家光の勘気をこうむり、長いあいだ致仕していたが、この物語の翌年、突然再出仕を命じられる。
・石田三成の生存伝説は各地にある。一説には、関ケ原合戦のあと近江から出羽へと逃れ、しばらく盟友直江兼続のいた米沢に隠れていたが、二年後に旧友佐竹義宣の領地である秋田へ移り、帰命寺の住持《じゅうじ》として生涯を全うしたという。

・彦七はこのあと、老僧に従って諸国を回っていたが、老僧の死後大坂に戻り、軽口咄《ばなし》、滑稽咄、頓知《とんち》咄などを披露して口を糊《こ》するようになる。その際、老僧とはじめて出会った米沢の地名を屋号とした。貞享《じょうきょう》年間、大坂の生國魂《いくたま》神社境内で辻咄を演じて人気を博し、「落語の祖」と呼ばれている米沢彦八は、この彦七の長男である。

完

解説

日下三蔵

本書『茶坊主漫遊記』は、田中啓文の新作ユーモア時代ミステリである。集英社文庫のウェブサイト「web集英社文庫」（10年9月〜11年6月更新分）に連載されたもので、本の形になるのは今回が初めて。お得な文庫オリジナル版なのである。

それだけで著者のファン——例えば集英社文庫の既刊〈笑酔亭梅寿謎解噺〉シリーズの愛読者であれば、もう読みたくなってしまうと思うが、中には「時代ものはちょっと」という方もいるかもしれない。

ミステリ、SF、ホラーの各ジャンルを横断し、自在にミックスさせてきた田中啓文だが、時代小説が本格的にレパートリーに加わったのは最近のこと。

本書の面白さを説明するには、まずは著者の経歴から語るのが早道だと思うので、しばらくおつき合いください。

田中啓文は作家デビューの直前に、光文社文庫で鮎川哲也が選者を務めた公募アンソロジー『本格推理』の第一回募集に、短篇ミステリ「落下する緑」（掲載は『本格推理2』93年10月）を投じて採用されている。

北森鴻、柄刀一、三津田信三、東川篤哉、石持浅海と『本格推理』の投稿者の中から後にプロデビューした人は数多いが、田中啓文もそのひとりだった。作家活動の原点に本格ミステリがあることは、注目すべきポイントだろう。

作家としてのデビュー作は、第二回ファンタジーロマン大賞の佳作に入選した『凶の剣士』（刊行に際して『背徳のレクイエム～凶の剣士グラート～』〈93年9月／集英社スーパーファンタジー文庫〉と改題）である。以後、その続篇『青い触手の神～凶の剣士グラート2～』（93年12月）、柳生十兵衛が活躍する伝奇アクション『十兵衛錆刃剣』（全3巻／95年2、7、10月）、SFファンタジー『神の子ジェノス』（全2巻／97年1、3月）などを同文庫で次々と発表。

分類でいうとライトノベル作家としてスタートし、十数冊を発表しているわけだが、やはりその特異な本領が発揮されるのは、対象年齢の制限のない一般誌に活動の舞台を移してからということになるだろう。

森奈津子や桜庭一樹のように、溢《あふ》れる才気を感じさせながら、ジュニアものの縛りが窮屈そうに見える作家がたまにいるが、田中啓文もまさにそんな存在であった。

九七年から「SFマガジン」に短篇を発表し、秀逸なアイデアと脱力する駄洒落《だじゃれ》オチでＳＦファンの度肝を抜く。ハヤカワ文庫から刊行されたＳＦ作品集のタイトルも『銀河帝国の弘法も筆の誤り』（01年2月）、『蹴りたい田中』（04年6月）と駄洒落であった。

九八年から井上雅彦の編集による書下しアンソロジー『異形コレクション』シリーズ（98年〜00年／廣済堂文庫→00年〜／光文社文庫）に短篇を発表。角川ホラー文庫から後に映画化もされる長篇『水霊　ミズチ』（98年12月）を刊行し、ホラーファンからの注目を集めた。

傑作「新鮮なニグ・ジュギペ・グァのソテー。キウイソース掛け」に代表されるように、「異形」に発表された短篇は思い切ってグロテスクな描写と、やはり強烈な駄洒落オチで印象に残る。これらをまとめた第一短篇集のタイトルからして、テレビ番組「伊東家の食卓」をもじって『異形家の食卓』（00年10月／集英社）というのだから、その駄洒落体質は根っからのものであった。

二〇〇一年には前述の『銀河帝国の弘法も筆の誤り』を筆頭に六冊（共著を含めれば七冊）も著書が出ている。ホラー短篇集『禍記（マガツフミ）』（4月／徳間書店）、ジュニア向けのＳＦとホラーをまとめた『ネコノメノヨウニ…』（7月／集英社スーパーダッシュ文庫）、連作ミステリ『鬼の探偵小説』（8月／講談社ノベルス）、ＳＦミステリの書下し中篇『星の国のアリス』（11月／祥伝社４００円文庫）、ホラー長篇『ベルゼブブ』（11月／徳間ノベルズ）。これに我孫子武丸、牧野修の両氏との共作による連作ホラーミステリ『三人のゴーストハンター　国枝特殊警備ファイル』（5月／集英社）が加わって、作品の幅の広さ、質の高さはいま見ても驚異的である。

この時期の著者を代表する連作が、ツチノコや雪男、カッパなどの未確認動物（UMA）をテーマにしたSFミステリ〈UMAハンター馬子〉シリーズである。ユーモラスなキャラクター、SF、ミステリ、ホラーの要素が絶妙にブレンドされたストーリー、各話の駄洒落オチと、田中啓文の特質が遺憾《いかん》なく発揮された傑作だ。

各話のタイトルが「ウルトラセブン」のサブタイトルをそのまま使っていたり、各篇ごとに付くあとがき代わりの解説コーナーが「ベストヒットUMA」になっていたりと、パロディも快調。

第一集『湖の秘密』（02年1月／学研M文庫）と第二集『闇に光る目』（03年7月／学研ウルフ・ノベルス）の刊行後、未収録分に書下しの最終話を加えた『UMAハンター馬子　完全版』（全2巻）として〇五年にハヤカワ文庫から再刊されている。

〇三年から「ミステリーズ！」で「落下する緑」に登場したジャズ・プレイヤー永見緋太郎を探偵役としたシリーズを開始。東京創元社から『落下する緑』（05年11月）、『辛い飴《あめ》』（08年8月）の二冊にまとまっているが、〇九年には後者に収録されている「渋い夢」で第六二回日本推理作家協会賞の短篇部門を受賞し、ミステリ作家としても高く評価された。

〇三年には「小説すばる」で落語ミステリ〈笑酔亭梅寿謎解噺〉シリーズも始まっている。ムリヤリ落語家に弟子入りさせられることになった不良少年の竜二が、次第に伝統芸能の面白さに魅せられ、噺家としての天賦《てんぷ》の才を発揮しながら、様々な事件の謎を解くという連作。

当初は殺人や誘拐といった派手な事件が扱われていたが、徐々に「日常の謎」系にシフトしていったのは、派手な謎解きやトリックに頼らずとも、梅寿をめぐる人々や竜二の成長を描いていくだけで、充分に面白く出来るという手ごたえがあったからだろう。集英社からは『笑酔亭梅寿謎解噺』（04年12月／文庫版で『ハナシがちがう！』と改題）、『ハナシにならん！』（06年8月）、『ハナシがはずむ！』（08年5月）、『ハナシがうごく！』（10年2月）、『ハナシはつきぬ！』（11年10月）と五冊が刊行されて完結とされているが、まだまだ続けてほしいシリーズだ。

ライトノベルのレーベルからは柳生十兵衛を主人公にした〈十兵衛錆刃剣〉シリーズ、陰陽師が活躍する平安伝奇『陰陽師九郎判官』（03年12月／コバルト文庫）も刊行しているが、一般向けの時代小説は忠臣蔵に材を採った『チュウは忠臣蔵のチュウ』（08年9月／文藝春秋）が初めてであり、同じく忠臣蔵を妖怪ものとして料理した伝奇小説『元禄百妖箱』（09年12月／講談社）に続いて本書が三冊目ということになる。

最初に「時代ミステリ」と書いたように、自らを茶坊主と名乗る老僧・長音上人が、お供の腐乱坊を連れて訪れた旅の先々で不思議な事件の謎を解く、というもの。

ミステリに詳しい人ならば、各話のタイトルを見ただけでG・K・チェスタトンの古典的名作〈ブラウン神父〉シリーズのパロディであることが判るだろう。タイトルに「漫遊記」とあるのは「水戸黄門」を意識したもので、長音上人の「カッカッカッ」という笑い声は、テレビ版で初代・水戸黄門を演じた東野英治郎の笑い声を踏まえている。

長音上人の正体は、実は斬首を免れた石田三成であり、史実には反するが、それをいうなら水戸黄門が諸国を漫遊したというのも後世のフィクションなのだ。

洞窟《どうくつ》の中で奥を向いて磔《はりつけ》にされていた男が正面から矢で射抜かれる怪事件や、財宝のありかを示した暗号文の解読など、それぞれのエピソードにミステリとしての謎が用意されているが、作者は必ずしもトリックだけに重点を置いていない。

徳川家光の命を受けて隠密として長音上人の行方を追う柳生十兵衛や、元盗人で上人たちの旅に付いてくる彦七の正体など、俗説や講談ネタをアレンジした描写も多い。

つまり本書は、史実から通説、明らかな創作までをまとめてベースとして使い、ミステリや人情話、ユーモア小説の味付けを施した作品ということができる。こうした創作作法をパロディといってしまうと、あまりにも単純化が過ぎるだろう。「皆さまお馴染《なじ》みの素材を使ってこんな料理を作ってみました」というこのスタイルは、むしろ江戸時代から綿々と繋《つな》がる戯作者《げさくしゃ》のものに近いのではないか。

例えば時代小説をまったく読んだことのない人はいても、「水戸黄門」を知らない人はいないだろう。だが仮に「水戸黄門」を知らない人が読んでも、本書は面白いはずだ。「ブラウン神父」を知らない人が読んでも同様である。それは本書がパロディの元ネタの面白さに寄りかかった小説ではなく、元ネタの持つ普遍的な面白さをうまく抽出して利用しているからに他ならない。

〈笑酔亭梅寿謎解噺〉シリーズを通じて伝統芸能の持つ奥深さを追究してきた田中啓文は、ついに自らが現代の戯作者になろうとしているのだ。

本書は「ｗｅｂ集英社文庫」で二〇一〇年九月から二〇一一年六月まで
連載された作品をまとめたオリジナル文庫です。

田中　啓文の本

集英社文庫

ハナシがちがう！
笑酔亭梅寿謎解噺《しょうすいていばいじゅなぞときばなし》

上方落語の大看板・笑酔亭梅寿のもとに無理やり弟子入りさせられた、金髪トサカ頭の不良少年・竜二。大酒呑みの師匠にどつかれ、けなされて、逃げ出すことばかりを考えていたが、古典落語の魅力にとりつかれてしまったのが運のツキ。ひたすらガマンの噺家修業の日々に、なぜか続発する怪事件！　笑いと涙の本格落語ミステリ。

田中　啓文の本

ハナシにならん！

笑酔亭梅寿謎解噺《しょうすいていばいじゅなぞときばなし》2

金髪トサカ頭の竜二が飲んだくれの落語家・笑酔亭梅寿の内弟子となって、はや一年。梅駆の名前はもらったものの、相も変わらずどつかれけなされの修業の日々を送っている。そんな中、師匠の梅寿が所属事務所の松茸芸能と大ゲンカ、独立する羽目に――!!　東西落語対決、テレビ出演、果ては破門騒動と、ますますヒートアップする第二弾。

集英社文庫

田中　啓文の本

ハナシがはずむ！

笑酔亭梅寿謎解噺《しょうすいていばいじゅなぞときばなし》3

万年金欠状態の梅寿の個人事務所〈プラムスター〉に時代劇オーディションの話が舞い込んだ。一門をあげての参加の末に合格したのは金髪トサカ頭の竜二ただひとり。芝居の面白さにズッポリはまり、落語の修業も上の空。案じた梅寿に曲者ぞろいの地方のボロ劇場へと送り込まれ、さらには東京vs大阪の襲名を賭けた対決が勃発して……。

集英社文庫

田中　啓文の本

ハナシがうごく！

笑酔亭《しょうすいてい》梅寿《ばいじゅ》謎解噺《なぞときばなし》4

落語ブームのはずなのに、なぜか梅寿一門だけは食うや食わずの極貧生活。バイトに明け暮れる竜二も気がつけば入門三年目、大きな節目を迎えていた。闇営業に励んだり、落語ＣＤリリースの話が転がり込んだり、漫才師の登竜門「Ｍ壱《エムワン》」に挑戦したり……。芸人としての迷いに直面しながらも、落語の奥深さに竜二はますます魅了されていく。

集英社文庫

集英社文庫

茶坊主漫遊記《ちゃぼうずまんゆうき》

2012年２月25日　第１刷　　定価はカバーに表示してあります。

著　者　田中啓文《たなかひろふみ》

発行者　加藤　潤

発行所　株式会社 集英社
東京都千代田区一ツ橋2-5-10　〒101-8050
電話　03-3230-6095（編集）
03-3230-6393（販売）
03-3230-6080（読者係）

印　刷　図書印刷株式会社

製　本　図書印刷株式会社

フォーマットデザイン　アリヤマデザインストア　　マークデザイン　居山浩二

ISBN978-4-08-746799-4 C0193